AF589061

1875. 29 Octobre

CATALOGUE

DE

CHOIX DE BEAUX LIVRES

FRANÇAIS

DONT LA VENTE AURA LIEU

Les jeudi 28 *et vendredi* 29 *octobre* 1875

A deux heures précises

Hôtel des Commissaires-Priseurs, rue Drouot

SALLE N° 5, AU PREMIER

Par le ministère de Me Maurice Delestre, commissaire-priseur,
successeur de Me Delbergue-Cormont, rue Drouot, 23

PARIS

ADOLPHE LABITTE

LIBRAIRE DE LA BIBLIOTHÈQUE NATIONALE

4, rue de Lille, 4

1875

Paris. — Typographie Georges Chamerot, rue des Saints-Pères, 19.

CATALOGUE

D'UN

CHOIX DE BEAUX LIVRES

FRANÇAIS.

LA VENTE AURA LIEU

Les jeudi 28 et vendredi 29 octobre 1875
à deux heures précises de l'après-midi

Hôtel des Commissaires-Priseurs, rue Drouot
Salle n° 5, au premier

Par le ministère de Me MAURICE DELESTRE, commissaire-priseur,
successeur de Me DELBERGUE-CORMONT, rue Drouot, 23.

Il y aura exposition une heure avant la vente.

ORDRE DES VACATIONS.

PREMIÈRE VACATION. — *Jeudi* 28 *octobre* 1875........ nos 1 — 170
DEUXIÈME VACATION. — *Vendredi* 29 *octobre*......... 171 — 348

CONDITIONS DE LA VENTE.

M. ADOLPHE LABITTE, chargé de la vente, remplira les commissions des personnes qui ne pourraient y assister.

La vente se fait au comptant.

Les acquéreurs payeront 5 p. °/o en sus des enchères, applicables aux frais.

Il y aura EXPOSITION des livres composant chaque vacation, à UNE HEURE précise.

Les réclamations devront être faites, au plus tard, dans les vingt-quatre heures qui suivront la vente. Passé ce délai, les articles adjugés ne seront repris pour aucune cause.

Paris. — Typographie Georges Chamerot, rue des Saints-Pères, 19.

CATALOGUE

D'UN

CHOIX DE BEAUX LIVRES

FRANÇAIS

PARIS

ADOLPHE LABITTE

LIBRAIRE DE LA BIBLIOTHÈQUE NATIONALE

4, rue de Lille, 4

—

1875

CATALOGUE

D'UN

CHOIX DE BEAUX LIVRES

FRANÇAIS.

THÉOLOGIE.

1. EVANGELIUM secundum Matthæum, secundum Lucam, secundum Johannem, et Acta apostolorum. *Parisiis, ex officina Rob. Stephani, typographi regii*, 1541, in-12, réglé, mar. v. fil. compart. dorés, tr. dor. (Reliure du XVIe siècle.)

Charmante reliure, portant le chiffre de Pierre Séguier, grand-père du chancelier du même nom; la signature autographe se trouve en tête du volume. Ce volume a fait partie de la collection de Renouard, qui a placé son nom sur les plats.

2. QUADRINS HISTORIQUES de la Bible. *A Lyon, par Jan de Tournes*, 1558, pet. in-8, mar. v. tr. dor. doublé de mar. r. fil.

Figures du Petit Bernard. Bel exemplaire.

3. Recherches historiques sur la personne de Jésus-Christ, sur celle de Marie, par un ancien bibliothécaire (Gabr. Peignot). *Dijon, Victor Lagier*, in-8, demi-rel. v. f. tr. jasp.

4. Lettres de saint François de Sales adressées à des gens du monde, nouvelle édition avec une préface, par M. Silvestre de Sacy. *Paris, J. Techener*, 1865, in-12, maroq. bleu foncé, fil. à comp. dent. int. tr. dor. (*Belz-Niedrée.*)

5. Bossuet. OEuvres. *Paris, Delestre-Boulage*, 1823, 21 vol. in-8, demi-rel. v. f. tr. jasp. dor. n. rogn.

Bel exemplaire.

6. Les Oraisons funèbres de Bossuet, gravures à l'eau-forte par Foulquier. *Tours, Mame,* 1869, gr. in-8, pap. vélin, mar. r. fil. tr. dor.

7. Fénelon. OEuvres. *Paris, Dufour*, 1826, 12 vol. in-8, demi-rel. mar. v. n. rogn.

L'un des deux exemplaires, sur papier grand raisin vélin.

8. Instrvctions des cvrez et vicaires pour faire le prosne, extraict des sainctes Escritures et des anciens Pères et Docteurs de l'Église catholique. *A Lyon, par Thibaud Ancelin,* 1589, plaq. de 15 pages in-8, demi-rel. maroq. bleu, tr. dor.

9. La Bibliothèque sacrée, ou recueil des plus beaux sermons et homélies des Saints-Pères pour tous les dimanches, par Messire Jean de Loyac. *Paris, Pierre Targa,* 1634, in-4, v. br. fleurs de lis, tr. dor.

Aux armes de Louis XIII. Exemplaire de dédicace. Tome Ier, le seul publié.

10. Réflexions sur la miséricorde de Dieu, par la duchesse de la Vallière, suivies de ses Lettres, nouvelle édition, revue, annotée et précédée d'une étude biographique par M. Pierre Clément. *Paris, J. Techener*, 1860, in-12 carré, portrait maroq. bleu foncé, dos à nerv. et fleurons, filets à comp. tr. marbr. dor. (*Belz-Niedrée.*)

11. Pensées de Pascal, publiées d'après le texte authentique et le seul vrai plan de l'auteur, par V. Rocher. *Tours, Mame*, 1873, gr. in-8, mar. r. fil. tr. dor., pap. vél.

12. Pensées sur divers sujets de religion et de morale, par Bourdaloue, précédées d'une introduction par M. Silvestre de Sacy. *Paris, L. Techener*,

1868, 2 vol. in-12, mar. bl. à nerv. et fleur. fil. à comp. dent. int. tr. dor. (*Belz-Niedrée*).

13. Instruction générale donnée, le 30 octobre 1688, par le père Bourdaloue à Madame de Maintenon. *A Paris, de l'imprimerie de Firm. Didot*, 1819, pet. in-16, mar. bleu, plats couverts de fleurs avec l'écusson de France sur le milieu, doublé de mar. bleu, fil. à comp. tr. dor.

Un des quatre exemplaires sur peau de vélin.

14. Visite à la Sainte-Baume et Saint-Maximin, par le comte Gustave d'Audiffret. Troisième édition, avec les compositions gravées par G. Staal. *Paris, Bachelin-Deflorenne*, 1868, in-4, mar. r. dos à nerv. et fleur. fil. à comp. dent. int. tr. marbr. dor. (*Belz-Niedrée*.)

15. Le Bâton pastoral, étude archéologique par l'abbé Barrault et Arthur Martin. *Paris*, 1856, in-4, cart. fig. en couleurs.

16. Traitez singuliers et nouveaux contre le paganisme du Roy-Boit, par Jean Deslyons, docteur de Sorbonne. *A Paris, chez la veuve C. Savreux*, 1670, in-12, v. ant.

Ouvrage rare.

17. De l'Abvs des nvditez de gorge (par Jacques Boileau), jouxte la copie imprimée à Bruxelles. *A Paris, chez de Laise de Bresche*, 1677, in-12, mar. vert, fil. tr. dor.

Exemplaire du marquis de Coislin.

18. Histoire de la Sorbonne, dans laquelle on voit l'influence de la Théologie sur l'ordre social, par M. l'abbé J. Duvernet. *A Paris, chez Buisson*, 1790, 2 vol. in-8, demi-rel. mar. r. fleur. tr. dor.

19. Les Canons des conciles de Tolède, de Meavx, de Mayence, d'Oxfort et de Constance : advis et censvre de la Faculté de théologie de Paris, arrêts dv parlement de Paris, par lesquels la doc-

trine de déposer et tuer les Roys et Princes est condamnée, propositions d'un livre intitulé: *Directorium inquisitorum etc., Romæ, in ædibus populi Romani*, 1585, et d'autres livres. *S. l.*, 1615, in-8, v. ant. fil.

20. Morologie des Jésuites, morologie des faux prophètes et manticores jésuites soy disans faussement de la compagnie de Jésus... qui est aussi une antilepsie et deffence pour respondre aux calumnies et menteries impudentes mises naguères en avant contre M. Estienne de Malescot... faict et composé par Jessen, comte de Malte. *Caen, Jacques Le Bas*, 1593, pet. in-8, demi-rel. dos et coins de maroq. r. foncé, tr. dor.

Court de marges.

21. Sommaire des raisons qve rendent cevx qvi ne vevlent participer à la messe, plvs vn traicté du vray sacrifice et vray sacrificateur, par J. de l'Espine, ensemble plusieurs sonnets chrestiens sur le mesme argument. *S. l.*, 1595, plaq. in-12 de 64 pages, demi-rel. mar. viol. tr. jasp.

JURISPRUDENCE.

22. Factum pour les religieuses de Sainte-Catherine-lez-Provins contre les pères Cordeliers (par Alexandre Varet). *A Doregnal, chez Dierick-Braessen* (*Hollande, Elzevir*), 1679, in-12, mar. bleu jans. dent. int. tr. dor. (*Belz-Niedrée.*)

Exemplaire de Viollet-le-Duc.

23. Mémoire à consulter sur la question de l'excommunication que l'on prétend encourue par le seul

fait d'acteurs de la Comédie françoise (par Huerne de la Mothe). *Paris*, 1761, in-12, demi-rel. mar. vert foncé, fleurons, tr. dor.

Curieux mémoire suscité par une lettre de Mlle Clairon.

24. Recueil général des pièces contenues au procez de monsieur le marquis de Gesvre et de mademoiselle de Mascranni, son épouse. *A Rotterdam, chez Reinier Leers*, 1714, 2 vol. in-12, v. ant. marbr.

SCIENCES ET ARTS.

PHILOSOPHIE ET MORALE.

25. La Bruyère. Les Caractères de Théophraste, traduits du grec, avec les Caractères ou les mœurs de ce siècle, septième édition. *Paris, chez Est. Michallet*, 1692, pet. in-8, maroq. viol. tr. dor.

Exemplaire Luzarche.

26. Les Caractères de la Bruyère, avec 18 eaux-fortes par V. Foulquier. *Tours, Mame*, 1867, gr. in-8, papier vélin, mar. r. tr. dor.

27. Promenades de M. de Clairenville, où l'on trouve une vive peinture des passions des hommes, avec des histoires curieuses et véritables sur chaque sujet, par M. D***. *A Cologne*, 1755, in-12, demi-rel. mar. r. à nerf et fleurons, tr. dor.

28. Helvétius. Les OEuvres complètes *Paris, Didot*, 1795, 14 vol. in-12, pap. vél., mar. r. jans. tr. dor.

29. Esquisses morales, pensées, réflexions et maximes, par Daniel Stern. *Paris, J. Techener*, 1859,

pet. in-12, portr. gravé, mar. r. fil. à comp. fleur. dent. int. tr. dor. (*Belz-Niedrée.*)

30. Propos mémorables des nobles et illustres hommes de la chrestienté, avec plusieurs nobles et excellentes sentences des anciens auteurs hébreux, grecs et latins, pour induire vn chascun à bien et vertueusement viure, par Gilles Corrozet. *A Lyon, par Gabr. Cotier*, 1560, in-16, mar. r. (dos et plats), filets à comp. tr. dor.

31. Le Misaule, ou haineux de court, lequel, par un dialogisme et confabulation fort agréable et plaisante, demonstre sérieusement l'estat des courtisans et autres suivans la cour des princes; avec la manière, coustumes et mœurs des courtisans alemands, princes de la cour d'Vlrich Vtène, chevalier alemand, traduite à la fin par l'autheur du Misaule G. C. D. T. (Gabriel Chappuis de Tours). *Paris, Orry*, 1585, in-8, mar. r. fil. tr. dor.

32. Discours de la sovveraineté des Roys, par Moyse Amyravt. *S. l.*, 1650, in-8, demi-rel. mar. bleu, fleur., tr. dor.

Bel exemplaire de l'édition originale.

33. Des Devoirs des grands, par Mgr le prince de Conty, avec son testament. *Paris, Cl. Barbin*, 1666, in-12, mar. r. fil. tr. dor. (*Brany.*)

34. Intérêts et Maximes des princes et des Estats souverains (par Henri, duc de Rohan) (*à la Sphère*). *Sur l'imprimé à Cologne, chez Jean du Païs*, 1666, pet. in-12, v. ant. dent. à comp. tr. dor.

Elzévir peu commun, imprimé à Amsterdam, 128 mill.

35. Fénelon. Éducation des filles. *Paris, Ambouin*, 1687, in-12, mar. r. fil. tr. dor. (*Hardy.*)

Édition originale.

36. Traité de l'éducation des filles et Dialogue sur l'éloquence, par Fénelon, précédés d'une introduction par M. Silvestre de Sacy. *Paris, L. Te-*

chener, 1869, in-12 carré, mar. bl. fleur. fil. à comp. tr. dor. (*Belz-Niedrée*).

37. Règlement donné par une dame de haute qualité à sa petite-fille, pour sa conduite et pour celle de sa maison. *Paris,* 1698, in-12, mar. r. fil. tr. dor.

Cet ouvrage est de Jeanne de Schomberg, duchesse de Liancourt. Il fut écrit pour sa petite-fille la princesse de Marsillac. L'ouvrage fut publié par l'abbé Boileau.

38. L'Ami des Filles (par de Graville). *A Paris, chez Dufour*, 1762, in-12, demi-rel. mar. brun. fleur. tr. dor.

39. L'Amour, par J. Michelet. *Paris, L. Hachette*, 1859, in-12, demi-rel. chagr. vert, fleur. tête dor. n. rog.

40. Traité contre l'impureté par J.-F. Ostervald, pasteur de l'église de Neufchâtel. *A Amsterdam, chez Thomas Lombrail*, 1707, in-8, front. grav. bas.

41. Histoire de la prostitution chez tous les peuples du monde depuis l'antiquité la plus reculée jusqu'à nos jours, par Pierre Dufour. *Paris, Séré*, 1851-53, 6 tom. en 3 vol. in-8, figures, demi-rel. v. bl. tr. marbr.

MÉDECINE.

42. Devx Livres de chirvrgie : 1° De la generation de l'homme et manière d'extraire les enfans hors du ventre de la mère, ensemble ce qu'il faut faire pour la faire mieux et plus tost accoucher, avec la cure de plusieurs maladies qui lui peuvent survenir ; 2° Des monstres tant terrestres que marins, auec leurs portraits, plus vn petit traité des plaies faites aux parties nerveuses, par Ambroise Paré, premier chirurgien du Roy, et juré à Paris. *A Paris, chez André Wechel*, 1573, in-8, bas.

43. Observations diverses sur la stérilité, perte de fruict, fécondité, accouchements et maladies des femmes et enfants nouveaux-naiz par L. (Louise) Bourgeois, dite Boursier, sage-femme de la Reine. *A Paris, chez A. Saugrain*, 1617, 1 t. en 2 vol. in-8, front. et 2 portr. gr. bas.

Ouvrage rare et intéressant dans lequel se trouve une curieuse relation de la naissance de Louis XIII, et des autres enfants de Henri IV. On a joint à cet exemplaire une pièce sur parchemin signée du Roi *Henri IV*, contenant l'ordre de payer « à Louise Bourgeois, femme de Martin Boursier.... la somme de cinq cens escus sol..., pour avoir servy de sage-femme à la Reyne » (lors de la naissance de Louis XIII). Exemplaire annoté du docteur Payen.

44. De la Génération de l'homme, ou tableau de l'amour conjugal, divisé en 4 parties, par Nicolas Venette, doct. en médecine. *Cologne, Claude Joly*, 1706, 2 vol. pet. in-12, fig. v. marbr. ant.

45. Recette très-véritable povr la gvérison des personnes et animaux mordus de chiens, loups et autres animaux enragez et povr les expériences qui en ont esté faites, achetée avec l'authorité du Parlement de Prouuence par les estats du dict pays, de Jacqves Caissan, habitant du Lvc, pour le prix et somme de dix-huit cens livres. *A Paris, chez Abraham Savgrain*, 1615, plaquette in-8, de 28 pages v. f. ant. fil. à comp. n. rog.

Exemplaire de Huzard.

46. Relation de l'estat de quelques personnes prétendues possédées, faicte d'autorité du parlement de Toulouse, par M. François Bayle, doct. en médec. et professeur, et M. Henri Grangeron, doct. en méd., où ces docteurs expliquent clairement, par les véritables principes de la physique, des effets que l'on regarde ordinairement comme progieux et surnaturels. *A Toulouse, chez la veuve Fouchac et Bely*, 1682, pet. in-12, v. f. dos orné, fil. à comp. tête dor. (*Simier*.)

47. De la Santé des gens de lettres, suivi de l'Essai sur les maladies des gens du monde, par Tissot; nouvelle édition, publiée par le Dr Bertrand de

Saint-Germain. *Paris, J. Techener*, 1859, in-12, demi-rel. dos et coins de maroq. r. dos orné, fil. tête dor. n. rog. (*Belz-Niedrée.*)

ARTS DIVERS.

48. Livre des Trésors, où l'on trouve un moyen facile de s'enrichir dans peu de temps, en forme de dialogues. *Carpentras*, 1786, in-12, de 36 pages, demi-rel. mar. vert, tr. dor.

49. Traicté de l'Arichmétique (*sic*). *S. d.*, gr. in-4, mar. r. fil. dent. compart. dor. tr. dor. (*Le Gascon.*)

Manuscrit du XVIIe siècle, orné de dessins et recouvert d'une belle reliure, restaurée.

50. Plans et Dessins nouveaux de Jardinage du sieur Le Bouteux, dédiés au marquis de Louvois. *Paris*, *Langlois*, *s. d.*, in-fol. obl.

Le volume contient 95 planches par Poilly et Porelle, vues des châteaux de France et de leurs jardins.

51. La Manière d'amollir les os et de faire cuire toutes sortes de viandes en fort peu de temps et à peu de frais, avec une description de la machine dont il se faut servir pour cet effet, ses proprietez et ses usages, confirmez par plusieurs expériences, nouvellement inventé par M. Papin, docteur en médecine. *A Paris, chez Est. Michallet*, 1682, pet. in-12, demi-rel. v. ant. planches.

Exemplaire court de marges.

52. La Vie souterraine, ou les mines et les mineurs, par L. Simonin. *Paris, Hachette,* 1867, gr. in-8, demi-rel. mar. *figures*.

53. Jacquemart et Le Blant. Histoire de la Porcelaine. *Paris*, *Techener*, 1862, in-fol. mar. r. compart. dor. tr. dor. (*Belz-Niedrée.*)

Très-bel exemplaire.

54. Les Merveilles de la Céramique, ou l'Art de façonner et décorer les vases en terre-cuite, faïence, grès et porcelaine, depuis les temps antiques jusqu'à nos jours, par A. Jacquemart. *Paris, L. Hachette,* 1866-68, 2 vol. (Orient et Occident). In-18, demi-rel. dos et coins de mar. r. tête dor. n. rog.

De la Bibliothèque des merveilles.

BEAUX-ARTS.

55. LE MUSÉE FRANÇAIS. Recueil complet des tableaux, statues et bas-reliefs qui composent la collection nationale publiée par Robillard-Peronville et Laurent. *Paris,* 1803-1811, 5 vol. in-fol. demi-rel. fig.

Exemplaire dont une partie est montée sur onglets, *ex libris* Schutelen.

56. LE MUSÉE ROYAL, publié par Henri Laurent. *Paris, Didot,* 1816, 2 vol. in-fol. mar. bl. fil. tr. dor. fig.

Bel exemplaire ; quelques taches de rousseur.

57. Annales du Musée, recueil de gravures au trait, par Landon. *Paris,* 1801, 12 vol. in-8, cart. — 2ᵉ collection, tom. I et III. — Paysages, 3 vol. — Galerie Giustiniani, 1 vol. — Salons de 1808-10-12-14-17. 17 vol. in-8, cart.

Il manque les tomes 8, 10 et 11 de la première collection et le tome 2 de la deuxième.

58. Musée de Peinture et de Sculpture, ou recueil des principaux tableaux, statues et bas-reliefs des collections publiques et particulières de l'Europe, dessiné et gravé à l'eau-forte par Réveil, avec des

notices descriptives, critiques et historiques, par Louis et René Ménard. *Paris, veuve A. Morel*, 1872, 10 vol. gr. in-12, nombr. figures au trait, dem.-rel. dos et coins de mar. rose foncé, tête dor. non rog.

École italienne, 132 pl. — École romaine, 197 pl. — École espagnole, 144 pl. — École allemande et flamande, 142 pl. — École hollandaise, 119 pl. — École française, 222 pl. — Sculpture, 150 pl. Ensemble 1136 planches gravées au trait.

59. Galerie de Florence et du palais Pitti, dessinée par Wicar, peintre. *Paris*, 1789, 3 vol. in-fol. cart.

Exemplaire en papier vélin, figures avant la lettre. Ce sont les 75 premières planches de l'ouvrage seulement

60. Galerie de Vienne. Galerie impériale et royale du Belvédère à Vienne, publ. par Ch. Haas. *Francfort et Paris, J. Baer. S. d.*, 4 tom. en 2 vol. in-4, demi-rel. mar. r. tr. sup. dor.

61. Herculanum et Pompéi. Recueil général des peintures, bronzes, mozaïques, etc., dessinés au trait par Roux, avec un texte par Barré. *Paris, Didot*, 1863, 8 vol. gr. in-8, cart. non rog. fig.

62. Les Anciens Peintres flamands, leur vie et leurs œuvres par J.-A. Crowe et G.-B. Cavalcaselle, traduit de l'anglais par O. Delepierre, annoté et augmenté de documents inédits par Alex. Pinchart et Ch. Ruelens. *Bruxelles, F. Heussner*, 1862, 2 vol. gr. in-8, demi-rel. dos et coins de mar. bl. foncé, fil. tête dor. non rog. fig. au trait.

63. Niel. Portraits des personnages français les plus illustres du XVIe siècle, dessinés au crayon de couleur par divers artistes contemporains. *Paris, Lenoir*, 1848, 2 tom. en 1 vol. in-fol. demi-rel. portraits en couleurs.

64. Les Portraits des Hommes illustres françois qui sont peints dans la galerie du palais du Cardinal de Richelieu, ensemble les abregez historiques de

leurs vies, par de Vulson, sieur de la Colombière. *Paris,* 1650, in-fol. v. br. portraits.

65. Recueil de XXXVI portraits véritables de tous les comtes et comtesses de la Hollande. *Amsterdam, s. d.*, in-fol. demi-rel. portr.

Titre remonté et raccommodages.

66. Les Femmes de Shakespeare. *Paris, Mad. Bachelin-Deflorenne*, 1862, 2 tom. en 1 vol. gr. in-8, demi-rel. mar. r. non rog.. 45 portraits sur acier.

67. Costumes anciens et modernes (Habiti antichi et moderni di tutto il mondo di Cesare Vecellio), précédés d'un Essai sur la gravure sur bois, par M. Ambr. Firmin-Didot. *Paris, Firmin-Didot*, 1860, 2 vol. gr. in-8, demi-rel. dos et coins de mar. rouge, à nerv. fleurons, tête dor. non rog. 513 pl.

L'Essai sur la gravure sur bois, de M. Ambr. Didot, manque.

68. Viel-Castel (le comte de). Collection des costumes, armes et meubles, pour servir à l'histoire de France, depuis le Ve siècle jusqu'à nos jours. *Paris*, 1827, 4 vol. gr. in-4, demi-rel. mar. tête dor. non rog.

420 planches en couleurs.

69. Voyage d'un Iconophile, par Duchesne. *Paris*, 1834, gr. in-8, demi-rel. non rog.

Exemplaire unique sur grand papier de Hollande, tiré pour M. de Châteaugiron.

70. Le Peintre-graveur français, ou catalogue raisonné des estampes gravées par les peintres et les dessinateurs de l'École française, ouvrage faisant suite au peintre graveur de M. Bartsch, par A.-P.-F. Robert Dumesnil. *Paris,* 1835-68, 10 v. — Tome XI formant le supplément aux 10 vol. du Peintre-graveur français, par Georges Duplessis. — Le Peintre-graveur français continué, par Prosper de Baudicourt. *Paris*, 1859, 2 vol. Ensemble

13 vol. in-8, demi-rel. mar. bl. fleur. tête dor non rog.

Dans le tome XIII se trouve une lettre autographe de M. Pr. de Beaudricourt.

71. Dictionnaire des monogrammes, chiffres, lettres initiales, logogriphes, rébus, sous lesquels les plus célèbres peintres, graveurs et dessinateurs ont dessiné leurs noms, traduit de l'allemand de M. Christ, professeur, et augmenté de plusieurs supplémens (par Sellius). *Paris, Séb. Jorry*, 1750, in-8, v. ant. marbr.

72. Sadeler. Gravures diverses, 75 pl. en 1 vol. in-4, demi-rel.

73. Sadeler. Gravures diverses. 48 pièces en 1 vol. in-fol. demi-rel.

74. La Doctrine des mœurs, tirée de la philosophie des Stoïques, représentée en cent tableaux. *Paris, Louis Sevestre*, 1646, in-fol. veau f. figures d'emblèmes.

75. Iconologie par figures, ou traité complet des allégories, emblèmes et ouvrages utiles aux artistes, aux amateurs, et pouvant servir à l'éducation des jeunes personnes, par MM. Gravelot et Cochin. *A Paris, chez Lattri graveur. S. d.*, 4 vol. in-8, v. rac. fil. tr. dor.

76. Recueil de cent sujets de divers genres, dessinés et gravés à l'eau-forte par Duplessis-Bertaux. *Paris*, 1814, pet. in-4 obl. demi-rel.

77. Champfleury. Histoire de la caricature au moyen âge. — Caricature antique. — Caricature sous la République, l'Empire et la Restauration. — Caricature moderne. — Histoire de l'imagerie populaire. *Paris, Dentu*, 1867-69, 5 vol. gr. in-18, nombr. fig. demi-rel. mar. r. fleurons, tête dor. non rog. (*A. Heldt.*)

78. OEuvres choisies de Gavarni, revues, corrigées et nouvellement classées par l'auteur, avec des

notices en tête de chaque série par MM. Théoph. Gautier et Laurent Jan. *Paris*, *Hetzel*, 1846, 2 tomes en 1 vol. in-4, demi-rel. mar. r. tr. jasp.

79. Le Livre de l'Architecture, par Dietterlin. *Liége*, *Claesen*, 1862, gr. in-fol. demi-rel. mar. v. monté sur onglets.

80. Freggi dell' architettura, da Ag. Mitelli, pittore. *S. d.*, in-fol. cart.

24 planches d'ornements.

81. Résolution des quatre principaux problèmes d'architecture, par Fr. Blondel. *Paris*, *de l'Impr. royale*, 1673, in-fol. mar. r. fil. dent. tr. dor. (*Aux armes de France.*)

82. Le Pautre. Recueil de planches d'ornement. *Paris*, *Mariette*, *s. d.*, 96 ff. en 1 vol. in-fol. v. br.

Anciennes épreuves avec marges.

83. Vues des Maisons royales et des villes conquises par Louis XIV. *S. d.*, in-fol. mar. r. fil. dent. tr. dor. (*Aux armes de France.*)

Du cabinet du Roy. Plusieurs planches sont raccommodées. Il n'y a que 38 planches au lieu de 46.

84. Perelle. Vues des belles maisons de France. *Paris*, *Langlois*, 1680, 2 vol. in-4 oblong, v. tr. dor.

223 planches en 2 volumes, Exemplaire colorié.

85. Recueil des plans, élévations et coupes des châteaux, jardins et dépendances que le roy de Pologne occupe en Lorraine, par Héré. *Paris*, *s. d.*, (1re partie.) 46 planches. — Plans et élévations de la place royale de Nancy, 1753. — Recueil des ouvrages en serrurerie que Stanislas le Bienfaisant, roi de Pologne, a fait poser sur la place royale de Nancy, composé par Jean Lamour, *Nancy*, *s. d.*, in-fol. — Ensemble 3 vol. in-fol. mar. r. fil. dent. tr. dor.

Exemplaire remboîté dans une ancienne reliure aux armes de Lorraine; le dernier volume est aux armes du Roi.

86. Monographie de la cathédrale de Bourges, par les PP. Arthur Martin et Charles Cahier. *Paris, Poussielgue-Rusand,* 1841-44 (texte et planches), 2 vol. in-fol. demi-rel. mar. r.

Superbe publication.

87. Trésor de l'abbaye de Saint-Maurice d'Agaune, décrit et dessiné par Ed. Aubert, *Paris, Morel,* 1872, gr. in-4, demi-rel. mar. 45 *planches.*

88. Notice sur la vie et les œuvres de François Girardon de Troyes, sculpteur, par M. Corrard de Breban. *A Troyes et à Paris,* 1850, in-8, demi-rel. dos et coins de mar. r. à nerv. tête dor. non rog. (*Belz-Niedrée.*)

BELLES-LETTRES.

LINGUISTIQUE. — POÉSIE.

89. Les Excentricités du langage français, par Lorédan Larchey. *Paris,* 1861, gr. in-18, front. gr. à l'eau-forte, demi-rel. mar. viol. clair, tête dor. non rog. (*Mart. Heldt.*)

90. Georges d'Heilly. Dictionnaire des Pseudonymes. — Les Fils de leurs œuvres. *Paris, Jouaust, impr. Rouquette,* 1868, 2 ouvr. en 1 vol. in-12, mar. r. fleurons, fil. dent. int. tr. dor. (*Belz-Niedrée.*)

Un des 10 exemplaires sur chine.

---

91. Poésies de Catulle, traduction nouvelle, par Victor Develay. *Paris, Jouaust,* 1872, in-16, demi-rel. dos et coins de mar. bleu, tête dor. non rog.

92. Les OEuvres galantes et amoureuses d'Ovide. *Londres*, 1785, 2 tom. en 1 vol. pet. in-18, portr. gr. d'après Marillier, mar., bleu foncé, filets, à comp. tr. dor. (*Bauzonnet.*)

93. Lucrèce, traduction nouvelle avec des notes, par M. L. G. (La Grange.) *A Paris, chez Bleuet*, 1768, 2 vol. in-8, fig. de Gravelot, v. r. fil. or et dent. à froid, à comp. tr. dor.

94. Jean Second. Élégies, traduction nouvelle, par Victor Develay. *Paris, Jouaust*, 1872, gr. in-12, pap. vél. front. d'après Marillier, demi-rel. dos et coins de mar. vert, fleurons, tête dor. non rog. (*A. Heldt.*)

95. Vita Scholastica (authore J.-P. Rossignol). *Lutetiæ*, 1836, gr. in-8, v. f. non rog.

Exemplaire sur papier bleu, offert par l'auteur à M. le marquis de Châteaugiron.

96. Trouvères, Jongleurs et Ménestrels du nord de la France et du midi de la Belgique. *Paris, Techener*, 1837-63, 4 vol. in-8, demi-rel. mar. r. tr. sup. dor. non rog.

97. Livre d'Amour, ou folastreries du vieux temps. *A Paris, de l'impr. de Firmin Didot, et chez L. Janet, libr., s. d.* In-12, avec 7 grav. chromol. d'après Garnerey, v. f. est. dent. or à comp. tr. dor.

98. La Vie de ma dame Saincte-Marguerite, vierge et martyre, avec son oraison. *Imprimé à Troyes, chez Jean Lecoq*, plaq. in-8, mar. r. jans. fac-simile.

99. Le Giroflier aux dames. Ensemble le Dit des sibiles. (A la fin :) *Cy finist lespistre de Senecque a Lucille, imprimé a Paris, par Michel Lenoir*, plaq. in-8, car. de 12 ff. caract. goth. fig. sur bois, demi-rel. dos et coins de mar. vert.

Reproduction.

100. La Vraye Histoire de Triboulet et autres poésies inédites récréatives, morales et historiques des

xve et xvie siècles, recueillies et mises en ordre par A. Joly. *Lyon, N. Scheuring, impr. de L. Perrin*, 1867, gr. in-8, mar. vert foncé, dos à nerfs et fleurons, fil. à larges bandes, mosaïques sur les plats, doublé de tabis rouge avec dentelle à comp. tr. dor.

Un des trois exemplaires sur *peau de vélin.*

101. Le Traité de Getta et d'Amphitryon, poëme dialogué du xve siècle, traduit du latin de Vital de Blois par Eustache Deschamps, publié par le marquis de Queux de Saint-Hilaire. *Paris, Jouaust*, 1872, gr. in-18, demi-reliure, dos et coins de mar. vert foncé, fil. tête dor. n. rog. (*A. Heldt.*)

102. S'ensuyuent quatorze belles chansons nouvelles dont les nõs sensuyuẽt (*Réimpression faicte en* 1863, *par les soins de M. Percheron, et tirée à* 75 *exemplaires*). La Patenostre des V*** avec leur complaincte contre les médecins (*Réimpression de* 4 *feuillets tirée à* 57 *exemplaires par Crapelet en* 1847), 2 pièces en 1 vol. in-12, demi-rel. dos et coins de mar. r. fil. tête dor. n. rog. (*A. Heldt.*)

La seconde partie est remontée.

103. Chants historiques et populaires du temps de Charles VII et Louis XI, publiés pour la première fois d'après le manuscrit original avec des notices et une introduction par M. Le Roux de Lincy. *Paris, Aug. Aubry*, 1857, gr. in-8, mar. r. dos orné à nerv. et fleur. fil. à comp. dent. int. tr. dor. (*Reliure de Capé.*)

Un des deux exemplaires sur *peau de vélin.*

104. Des XXIII Manières de Vilains, pièce du xiiie siècle, accompagnée d'une traduction en regard par Ach. Jubinal, suivie d'un commentaire par Eloi Johanneau. *Paris*, 1834, plaq. in-8 cart.

Tiré à 200 exemplaires.

105. Les OEuvres de Clément Marot de Cahors, valet de chambre du Roy. *A la Haye, chez Adrian Moetjens*, 1700, 2 vol. pet. in-12, v. f. ant.

106. OEUVRES DE CLÉMENT MAROT, valet de chambre de François Ier roy de France, avec les ouvrages de Jean Marot son père, ceux de Michel Marot son fils et les pièces du différend de Clément avec François Sagon, accompagnées d'une préface historique et d'observations critiques. *A la Haye, chez P. Gosse et J. Neaulme*, 1731, 6 vol. in-12, jolie rel. mar. bl. du Levant, dos ornés, fil. à compartiments, dent. int. non rog. (*L. Glæssens.*)

107. La Chronique des roys de France, puis Pharamond jusques au roy Henry, second du nom, selon la computation des ans, jusques en l'an m l cinq cens quarante et neuf; le catalogue des papes, puis Saint Pierre jusques à Paul, tiers du nom; catalogue des empereurs, puis Octavius César jusques à Charles V. *On les vend à Paris, par Galiot du Pré*, 1550, in-8, mar. r. à nerv. et fleur. fil. à comp. dent. int. tr. dor. (*Belz-Niedrée.*)

108. LES OEUVRES DE PIERRE DE RONSARD, Gentilhomme Vandosmois, prince des poëtes françois. *A Paris, chez Barthélemy Macé et chez Nicolas Bvon*, 1617, front. et portr. grav. 10 t. en 5 vol. — Recveil des Sonnets, Odes, Hymnes, Elegies et avtres pièces retranchées aux éditions précédentes des œuvres de P. de Ronsard. *A Paris, chez Nicolas Bvon*, 1617, in-12; ens. 6 vol. in-12, jolie rel. en mar. br. dos orné et à nerfs, fil. à comp. et orn. à pet. fers sur les plats, dent. int. tr. dor. (*Chambolle-Duru.*)

109. Les Amovrs de P. de Ronsard Vandomois nouvellement augmentées par lui et commentées par Marc-Antoine de Muret, plus quelques Odes de l'auteur non encore imprimées. *A Paris, chez la veuve Maurice de la Porte*, 1553, pet. in-8,

3 portr. grav. sur bois, mar. r. dos orné, fil. à comp. dent. int. tr. dor. (*David.*)

Très-bel exemplaire, lavé et encollé.

110. Chansons de P. de Ronsard, P. Desportes et autres mises en musique par Nicolas de la Grotte. *Paris*, 1575, nouvelle édition fac-simile, augmentée d'une notice par A. de Rochambeau. *Paris, Bachelin-Deflorenne*, 1873, in-16 obl. pap. de Holl. demi-rel. dos et coins de mar. r. tête dor. n. rog. (*Belz-Niedrée.*)

Tiré à 250 exemplaires.

111. Les OEuvres de Gvillaume de Salvste, seignevr dv Bartas, reueues et augmentées par l'autheur. *A Paris, pour Pierre Hvet*, 1583, in-12, mar. vert foncé jans. dent. int. tr. dor.

112. Élégies de Jean Doublet, suivies des Épigrammes et rimes diverses. *Paris, Jouaust*, 1871, in-12, demi-rel. dos et coins de mar. br. la Vall. jans. tête dor. n. rog. (*A. Heldt.*)

113. OEuvres poétiques de Jacques de Champ-Repus, Gentil-homme Bas-Normand, publiées et annotées par Mariguer de Champ-Repus. *Paris, libr. Bachelin-Deflorenne*, 1864, pet. in-8, demi-rel. dos et coins de mar. bl. tête dor. n. rog. (*Belz-Niedrée.*)

114. Les Premières OEvvres de Philippes Des-Portes. *A Paris, par Mamert Patisson, imprimeur du Roy*, 1600, in-8, mar. r. dos orné large dent. à petits fers point. sur les plats dent. int. tr. dor. (*Capé.*)

Exemplaire grand de marges, mais dont les quatre premiers feuillets ont coulé au lavage.

115. La Franciade, ov histoire générale des Roys de France depuis Pharamond iusque à Lovys le iuste à présent régnant, mis en vers françois par le sieur Gevffrin, controlleur au grenier à sel de

Noyon. *Paris, Ant. de Sommaville*, 1623, in-8, mar. r. fil. à comp. tr. dor. (*Martin Heldt.*)

Nomenclature exacte des rois et des événements remarquables depuis l'établissement de la monarchie jusqu'à Louis XIII, entreprise par le sieur Geuffrin, pour faire suite à la *Franciade* de Ronsard; son ouvrage est divisé en six livres; le dernier ne contient que la vie de Henry IV, et un éloge de Louis XIII.

116. Le Cabinet satyrique, ou recveil parfaict des vers picquans et gaillards de ce temps. *A Rouen, et se vendent à Paris, chez Cardin Besongne*, 1627, in-8, demi-rel. dos et coins de mar. r. dos orné, fil. tr. dor. (*A. Heldt.*)

117. Satyres de Dulorens, édition de 1646, contenant 26 satires, publiée par D. Jouaust et précédée d'une notice littéraire par E. Villemin. *A Paris, D. Jouaust*, 1869, in-12, portr. demi-rel. dos et coins de mar. br. tête dor. non rog. (*A. Heldt.*)

118. La Pucelle, ou la France délivrée, poëme héroïque, par Chapelain. *Paris, Courbé*, 1656, in-fol. fig. d'A. Bosse, v. tr. dor.

Exemplaire donné en prix par les PP. Jésuites dont il porte le chiffre. Il a été donné comme premier prix de discours latin, en cinquième, en 1665.

119. Les Chansons folastres et recreatives de Gavltier Gargville, comédien ordinaire de l'Hostel de Bourgongne. *Paris, A. Claudin*, 1858, pet. in-12, demi-rel. mar. vert clair, dos à comp. tête dor. n. rog. (*Petit, success. de Simier.*)

Réimpression, devenu rare.

120. Les Poësies françoises, dédiées à Madame Suzanne de Pons, dame de la Gastevine, par H. Piecardt. *A Paris, chez Jacqves Le Gras*, 1663, in-12, front. gr. mar. r. fil. à comp. dos orné à mosaïque, tr. dor. (*Lortic.*)

121. OEuvres choisies de Boileau-Despréaux. *Paris, chez l'Écrivain*, 1815, in-16, demi-rel. bl. tr. jasp. portr. d'après Rigaud et fig. grav.

122. OEuvres poétiques de Boileau, eaux-fortes de Foulquier. *Tours, Mame*, 1870, gr. in-8, pap. vél. mar. r. fil. tr. dor.

123. Fables choisies mises en vers par M. de la Fontaine. *Paris*, 1755, 4 vol. in-fol. v. m. fil. tr. dor.

Figures d'Oudry. Papier moyen.

124. Recueil de Poésies de divers autheurs, contenant la Métamorphose des yeux de Philis changez en astres; la Métamorphose de Ceyx et d'Alcioné; le Temple de la Mort et la suite; la belle Guerise, etc., et autres pièces nouvelles. *A Paris, chez Avgvstin Besoigne*, 1670, in-12, v. ant.

Aux armes de Caumartin Saint-Ange.

125. Les Poésies de Mme Des-Houlières, édition nouvelle, augmentée d'un tiers. *A Amsterdam, chez Henri Wetstein*, 1694, pet. in-8, demi-rel. mar. r. dos orné tr. dor.

126. Pièces de M. de la Thuillerie. *Paris, chez Th. Guillain*, 1696, pet. in-12, mar. br. fleur. tr. dor.

127. Adam, ou la Création de l'homme, sa chute et sa réparation, poëme, par M. Perrault de l'Académie francoise. *A Paris, chez Jean-Baptiste Coignard, impr. ord. du Roy*, 1697, pet. in-8, réglé, vignettes de Coypel, mar. r. dos à nerfs, fil. dent. int. tr. dor. (*Hardy*.)

128. Recueil de pièces de poésies, in-16, vél. vert.

Manuscrit du XVIIIe siècle, offert par Méon à M. le marquis de Châteaugiron.

129. Fables nouvelles, dédiées au Roy, par M. de la Motte. *Amst., Wetstein*, 1727, in-12, mar. v. fil. tr. dor. (*Belz-Niedrée*.)

Jolie édition ornée de figures. Exemplaire relié sur brochure.

130. La Henriade travestie en vers burlesques (par Fougeret de Monbron). *Berlin* (*Paris*), 1745,

in-12, remboîté dans une ancienne rel., mar. r. fil. tr. dor. (*Aux armes de France.*)

131. La Pucelle (par Voltaire), poëme en XXI chants, avec les notes et variantes. (*Kehl*), *de l'imprimerie littéraire typographique*, 1789, 2 vol. in-12, tirés pet. in-8, mar. r. fil. tr. dor. (*Anc. rel.*)

Figures de Moreau ajoutées.

132. La Pucelle d'Orléans, poëme en 21 chants, par Voltaire. *Paris, an VII*, 2 vol. gr. in-8, demi-rel. mar. v. n. rog.

Figures de Monsiau, de Moreau et de Monnet jeune.

133. Gresset. OEuvres. *Paris, Renouard*, 1811, 2 vol. in-8, mar. r. fil. tr. dor. (*Bozérian.*)

Figures de Moreau.

134. Saint-Lambert. OEuvres. *Paris, Didot*, 1795, 2 vol. in-18, pap. vél. mar. v. fil. tr. dor. (*Bozérian.*)

135. Poésies diverses (par Frédéric II, roi de Prusse). *Berlin, chez Chrétien-Frédéric Voss*, 1760, in-8, mar. vert, fil. tr. dor. (*Niedrée.*)

Aux armes du *marquis de Coislin*, édition très-rare de ces poésies; le titre imprimé en rouge est orné d'une charmante vignette.

136. Anthologie francoise, ou Chansons choisies depuis le XIIIe siècle jusqu'à présent. *S. l.*, 1765, 3 vol. portr. gr. par Saint-Aubin, fig. de Gravelot (musique.) — Chansons joyeuses mises au jour par un ane-onyme, onissime (par Collé), nouvelle édition considérablement augmentée, avec de grands changements qu'il faudrait encore changer. *A Paris, à Londres et à Ispahan seulement, de l'imprimerie de l'académie de Troyes* VXLCCDM (1745), in-8; ens. 4 vol. in-8, mar. r. foncé, dos à comp. fleur. tr. dor.

137. Fables, par M. Boisard. *Paris, chez Pissot*, 1779, 2 t. en 1 vol. in-8, fig. de Monnet v. ant. fil. tr. marbr.

138. La Destinée d'une jolie femme, poëme en six chants, par F. B. de M. (Murat). *Paris, Langlois*, 1803, demi-rel. v. f. n. rog.

139. La Maison des champs, poëme, traduit par M. Campenon. *A Paris, chez Delaunay*, 1810, in-12, bas. front. de Le Roy, gravé par de Villiers l'aîné. — La Danse, ou les Dieux de l'Opéra, poëme, par J. Berchoux. *Paris*, 1866, in-12, front. gr.; ens. 2 vol. in-12, bas.

140. OEuvres poétiques de Joséphin Soulary, première partie : — Sonnets (1847-1871). Deuxième partie : — Poëmes et Poésies (1847-1871). *Paris, Alph. Lemerre*, 1872, 2 vol. in-18, demi-rel. dos et coins de mar. vert foncé, fil. tête dor. n. rog. portr. gravé à l'eau-forte (*A. Heldt fils.*)

141. Poésies d'André Lemoyne, 1855-1870 (les Charmeuses, les Roses d'Antan). *Paris, Alph. Lemerre*, 1871, in-12, portr. gravé à l'eau-forte par A. Salmon, demi-rel. dos et coins de mar. bl. tête dor. n. rog. (*A. Heldt.*)

142. Le Cœur de l'homme, études poétiques, par Walter de Bouny, avec une introduction par Arm. Le Bailly (eau-forte par G. Staal). *Paris, Bachelin-Deflorenne*, 1864, in-8, demi-rel. dos et coins de mar. br. la Vall. jans. tête dor. n. rog. (*Belz-Niedrée*).

143. Les Exilés, par Théodore de Banville. *Paris, Alph. Lemerre*, 1867, gr. in-18 carré, mar. br. foncé, dos orné, fil. à comp. dent. int. tr. dor. (*Belz-Niedrée*).

Un des quatre exemplaires sur *peau de vélin.*

144. Monographie du Sonnet, sonnettistes anciens et modernes, suivis de quatre-vingts sonnets par M. Louis de Veyrières. *Paris, Bachelin-Deflorenne*, 1869, 2 vol. in-18, demi-rel. dos et coins de mar. vert foncé jans. tête dor. n. rog. (*Belz-Niedrée.*)

145. Catulle Mendès. — Hespérus, poëme swedenborghien (1869). — Contes épiques (1870). *Paris, Jouaust,* 1872, 2 vol. in-12, 2 eaux-fortes, demi-rel. dos et coins de mar. bl. foncé à nerv. tête dor. n. rog.

146. La Première Absence, lettres en vers par Élie Cabrol, avec douze eaux-fortes d'après d'Hurcelles. *Paris, Jouaust,* 1872, gr. in-18, demi-rel. dos et coins de mar. r. foncé, fil. tête dor. n. rog. (*A. Heldt.*)

147. Les Tyrtéennes. *Paris, Alph. Lemerre,* 1872, in-12, demi-rel. dos et coins de mar. viol. à nerfs, fil. tête dor. n. rog. (*A. Heldt.*)

148. Poésies de Sully-Prudhomme, stances et poëmes. *Paris, Alph. Lemerre,* 1872, in-12, demi-rel. dos et coins de mar. brun à nerfs, fil. tête dor. n. rog. (*A. Heldt.*)

149. Comte de Grammont. — Sextines, précédées de l'histoire de la Sextine dans les langues dérivées du latin. *Paris, Alph. Lemerre,* 1872, pet. in-12, demi-rel. dos et coins de mar. r. jans. tête dor. n. rog. (*M. Heldt.*)

150. La Gloire du souvenir, poëme d'amour, par Arm. Silvestre. *Paris, Alph. Lemerre,* 1872, plaq. in-12, demi-rel. dos et coins de mar. bleu foncé, fil. tête dor. n. rog. (*A. Heldt.*)

---

151. Le Paradis perdu de Milton, poëme traduit de l'anglais avec les remarques de M. Addisson. *A Paris, chez Ganeau,* 1765, 2 vol. in-16, mar. r. fil. à comp. doublé de tabis bleu, tr. dor. (*Anc. rel.*)

THÉATRE.

152. Thérence en françois, prose et rime avecques le latin. (*A la fin:*) *Imprimé à Paris, pour Anthoine*

Vérard, s. d., in-fol. 385 ff. nombr. fig. sur bois, mar. r. fil. tr. dor. (*Belz-Niedrée.*)

Le titre est refait.

153. Les Tragédies de Robert Garnier, conseiller dv Roy. *A Rouen*, 1612, in-12, mar. r. fil. tr. dor.

154. Corneille. Théâtre, avec des commentaires (par Voltaire). *Genève*, 1774, 8 vol. in-4, cart. fig. de Gravelot.

155. Molière. OEuvres. *Paris*, 1734, 6 vol. in-4, mar. r. fil. tr. dor. (*Belz-Niedrée.*)

Figures de Boucher. Bel exemplaire du deuxième tirage.

156. Molière. OEuvres, nouvelle édition, augmentée de la Vie de l'auteur et de remarques historiques et critiques par Voltaire. *Amsterdam*, 1765, 6 v. in-12, fig. de Punt, maroq. r. fil. tr. dor. (*Belz-Niedrée.*)

Bel exemplaire d'une jolie édition.

157. Molière. Les OEuvres complètes. *Paris*, *Furne*, 1863, 2 vol. in-8, demi-rel. mar. r. non rog.

158. Molière. Sganarelle, ou le Cocu imaginaire, édition originale, réimpression textuelle par les soins de L. Lacour, *Paris*, *Jouaust*, 1872, in-12, demi-rel. mar. vert foncé, tête dor. non rog.

159. Racine. OEuvres. *Paris*, 1760, 3 vol. in-4, mar. r. fil. tr. dor. (*Anc. rel.*)

Bel exemplaire aux armes de Mirabeau; *ex libris* Quentin Bauchart. Cette édition est ornée des figures de Sève.

160. OEuvres de Jean Racine, avec des commentaires par M. Luneau de Boisjermain. *Paris*, *de l'imprimerie de Louis Allot*, 1768, 7 vol. in-8, fig. de H. Gravelot, v. éc. fil. tr. dor.

161. Racine. OEuvres. *Paris, Pierre Didot l'aîné*, 1801, 3 vol. in-fol. pap. vél. mar. r. fil. dent. tr. dor.

Bel exemplaire de cette splendide édition, tirée à 250 exemplaires et ornée de 57 planches. Épreuves avec la lettre grise.

162. Esther, tragédie tirée de l'Écriture-Sainte (par Racine). *A Paris, chez Denis Thierry*, 1689, in-12, réglé, mar. r. à nerfs et fleurons, filets à comp. dent. int. tr. dor. (*Mennil.*)

Figures de Sébastien Leclerc. Édition originale.

163. Athalie. Tragédie tirée de l'Écriture-Sainte (par Racine). *A Paris, chez Denys Thierry*, 1692, in-12, réglé, fig. mar. r. à nerfs, fil. à comp. dent. int. tr. dor. (*Mennil.*)

Édition originale in-12.

164. Regnard. OEuvres complètes. *Paris, de l'imprimerie de Monsieur*, 1790, 6 vol. in-8, mar. bl. fil. dent. tr. dor. *fig. de Borel.*

Bel exemplaire.

165. Les OEuvres de M. Baron. *Paris, Pierre Ribou*, 1704, in-12, mar. r. fil. tr. dor. (*Hardy.*)

166. Recueil des pièces mises au Théâtre français, par Le Sage. *Paris, Barrois*, 1739, 2 vol. in-12, mar. r. fil. tr. dor. (*Hardy.*)

Bel exemplaire.

167. Chefs-d'œuvre dramatiques de Le Sage. *Paris, Belin et Valade*, 1791, 2 vol. pet. in-12, portr. gravé par D. Elvaux, mar. vert, fil. à comp. tr. dor.

168. OEuvres complètes de Crébillon. *Paris*, 1785, 3 vol. gr. in-8, mar. v. fil. dent. tr. dor. (*Bisiaux.*)

Exemplaire de Grésy; figures de Marillier, avant et avec la lettre.

169. La Brouette du Vinaigrier, drame, par M. Mercier. *A Londres, et se trouve à Paris*, 1775, in-8, demi-rel. mar. à nerfs, tr. dor.

170. Théatre des Boulevards, ou Recveil de parades par MM. de Salé, Fagan, Montcrif, Piron, Corbie, Collé, etc. *A Mahon, de l'imprimerie de Gilles Langlois, à l'enseigne de l'Étrille*, 1756, 3 vol. in-12, mar. r. à nerfs, dent. à comp. et dent. int. tr. dor. (*Belz-Niedrée.*)

ROMANS.

171. Longus. Les Amours pastorales de Daphnis et Chloé (trad. par Amyot). *S. l.*, 1745, in-12, mar. r. à fil. à comp. tr. dor. (*Anc. rel.*)

Exemplaire avec le front. de 1718 gr. par Audran et les figures du régent. Celle dite *aux petits pieds* s'y trouve. Relié par *Derome* et provenant de la bibl. de M. Quentin Bauchart.

172. Longus. Daphnis et Chloé, traduction d'Amyot, compositions d'Emile Lévy, gravées à l'eau-forte par Flameng. *Paris, Jouaust*, 1872, in-12, mar. r. dos orné fil. à comp. dent. int. tr. dor.

173. L'Histoire de Palanus, comte de Lyon, mise en lumière par Alfr. de Terrebasse. *Lyon, Louis Perrin*, 1833, in-8, mar. lav. fig. tr. dor. (*Thibaron.*)

Tiré à 120 exemplaires.

174. Les Contes et discours d'Eutrapel, par le feu seigneur de la Herissaye, gentilhomme breton (Noël du Fail). *Rennes, pour Noël Glamet de Quimpercorentin*, 1585, in-8, mar. r. dos orné, fil. tr. dor. (*Chambolle-Duru.*)

175. Le Martyre de la Fidélité, par Iean d'Intras de Basaz. *A Paris, chez Robert Fouet*, 1609, pet. in-12, fig. sur le titre, demi-rel. dos et coins de mar. r. fleur. tr. dor.

176. Le Lict d'Honnevr de Chariclée, où sont introduites les infortunées et tragiques amours du comte de Mélisse, par Iean d'Intras. *A Paris, chez Robert Fovet*, 1609, pet. in-12, fig. grav. sur le titre, demi-rel. dos et coins de mar. r. tr. dor.

177. Le Duel de Tithamante, histoire gasconne, par Iean d'Intras, de Bazas. *A Paris, chez Rob. Fovet*, 1609, in-12, demi-rel. dos et coins de mar. r. fleurons, tr. dor.

Exemplaire taché.

178. Le Portraict de la vraye amante, contenant les estranges auantures de Calaris et la parfaicte cons-

tance de Lisbye, par Iean d'Intras de Bazas. *A Paris, chez Robert Fouet*, 1609, in-12, demi-rel. dos et coins de mar. r. tr. dor. titre front. gr.

179. Le Covrrier facetievx, ov Recveil des meillevres rencontres de ce temps. *A Lyon, chez Clavde la Rivière*, 1650, in-8, front. gr. mar. r. dent. int. tr. dor. (*J. Scharge.*)

Exemplaire du baron de la Villestreux.

180. Le Jaloux par force et le bonheur des femmes qui ont des maris jaloux, adjoutée la Chambre de Justice de l'amour (par Desjardins). (*A la Sphère.*) *Paris, chez Pierre Bontemps*, 1668, pet. in-12, mar. vert, dos orné, fil. à comp. tr. dor. (*Belz, succ. de Niedrée.*)

181. Aventures burlesques de Dassoucy, nouvelle édition avec préface et notes. *Paris, Delahaye*, 1858, in-12, demi-rel. non rog.

182. Le Prince de Condé, roman historique, par Boursault; suivi d'éclaircissements et de pièces intéressantes sur les règnes de François II, de Charles IX et de Henri III. *A Paris, de l'imprimerie de P. Didot l'aîné*, 1792, 2 vol. in-12, demi-rel. v. quadr. tête dor. non rog.

183. Fénelon. Les Aventures de Télémaque. *Paris, Furne*, 1860, in-8, demi-rel.

184. Aventures de Télémaque, par Fénelon. *Tours, Mame*, 1873, gr. in-8, pap. vél. 14 grav. par Foulquier, mar. r. fil. tr. dor.

185. Pluton maltotier, nouvelle galante, divisée en six parties. *A Cologne, chez Adrien l'Enclume, gendre de Pierre Marteau*, 1712, pet. in-12, mar. r. jans. dent. int. tr. dor.

186. Le Chef-d'œuvre d'un Inconnu, poëme heureusement découvert et mis au jour, avec des remarques savantes et recherchées par M. le docteur Chrisostome Matanasius. *A la Haye, chez*

P. Husson, anno 1716, in-8, réglé, portr. mar. r. jans. dent. int. tr. dor. (*Aug. Petit.*)

187. Histoire de Guzman d'Alfarache, par Le Sage. *Paris, Etienne Ganeau,* 1732, 2 vol. in-12, front. grav. et fig. mar. r. fil. tr. dor. (*Hardy.*)

Édition originale.

188. Le Sage. Histoire d'Estevanille Gonzalès, surnommé le Garçon de bonne humeur, tirée de l'espagnol. *Paris,* 1734-41, 2 vol. in-12, mar. r. fil. tr. dor. (*Hardy.*)

189. Le Sage. Histoire de Gil Blas de Santillane. *Paris,* 1747, 4 vol. in-12, fig. mar. r. fil. tr. dor. (*Hardy.*)

Bel exemplaire réglé du premier tirage sous cette date.

190. Le Diable boiteux, nouvelle édition, augmentée d'une Journée des Parques, par Le Sage. *Paris, Damouneville,* 1756, 3 vol. pet. in-12, fig. mar. r. fil. tr. dor. (*Belz-Niedrée*).

Joli exemplaire d'une édition recherchée.

191. Le Sage. Le Diable boiteux. *Paris, Garnier, s. d.*, in-8, demi-rel. mar. fig. de Staal.

192. Lettres persanes (par Montesquieu). *Cologne (à la Sphère), chez Pierre Marteau,* 1721, 2 tom. en 1 vol. in-12, mar. r. jans. dent. int. tr. dor. (*Mennil.*)

193. Le Temple de Gnide (par Montesquieu). *A Paris, chez Simart,* 1725, pet. in-12, mar. r. jans. dent. int. tr. dor. (*Brany.*)

Première édition.

194. Le Temple de Gnide (par Montesquieu), nouvelle édition, avec fig. grav. par Le Mire, d'après les dessins de Eisen. *Paris, Le Mire,* 1772, in-8, mar. r. tr. dor. (*Anc. rel.*)

Édition gravée. Bel exemplaire.

195. Histoire de Manon Lescaut et du chevalier des Grieux, par l'abbé Prévost. *A Paris, de l'impr.*

de P. Didot l'aîné, et chez Bleuet jeune libr., an V (1797). 2 vol. in-16, fig. de Lefebvre et Desenne, jolie reliure mar. citr. dos orné et à nerv. fil. à comp. dent. int. tr. marbr. dor. (*David.*)

196. Histoire du chevalier des Grieux et de Manon Lescaut, par l'abbé Prévost. *Paris, Alph. Lemerre,* 1870, pet. in-12, fr. gr. de Bracquemond, mar. bleu, dos orné, fil. à comp. tr. dor. (*Martin Heldt.*)

Édition recherchée.

197. Lettres d'une Péruvienne, par Mme de Graffigny. *Paris,* 1797, gr. in-8, mar. r. fil. tr. dor. (*Anc. rel.*)

Très-bel exemplaire en grand papier vélin, avec le portrait et les gravures avant la lettre et les eaux-fortes.

198. Silvie (par Watelet). *Londres,* 1743, in-12, mar. r. fil. tr. dor. (*Belz-Niedrée.*)

Figures gravées par Watelet et terminées par Cochin.

199. Faunillane, ou l'Infante jaune, conte (par le comte de Tessin). *Badinopolis, chez les frères Panthomme* (*Paris*), 1767, in-12, 9 fig. grav. v. f. tr. dor.

200. Le Zinzolin, jeu frivole et moral (par Toustain, marquis de Limery, ou par Luneau de Bois-Germain). *Amsterdam,* 1769, in-8, demi-rel. v. f. non rog.

201. Marmontel. Contes moraux. *Paris, Moulin,* 1765, 3 vol. in-12, mar. r. fil. tr. dor. portr. et grav. de Gravelot.

Bel exemplaire.

202. Contes moraux, par M. Marmontel. *Londres,* 1780 (*Cazin*), 1 vol. in-16, portr. grav. d'après Cochin, front. et fig. mar. r. fil. tr. dor. (*Anc. rel.*)

203. OEuvres du comte de Tressan, précédées d'une notice sur sa vie et ses ouvrages par M. Campenon. *Paris, Nepveu et A. André, de l'impr. de Firmin-*

Didot, 1823, 10 vol. gr. in-8, gravures d'après les dessins de M. Colin, demi-rel. v. bl. non rog.

204. Paul et Virginie, par Bernardin de Saint-Pierre. *Paris, impr. de Monsieur*, 1789, in-12, v, m. fil. tr. dor. *figures de Moreau*.

205. PAUL ET VIRGINIE, par Bernardin de Saint-Pierre. *Paris, impr. de Didot l'aîné*, 1806, in-fol. pap. vél. mar. bl. fil. tr. dor. doublé de mar. r. à comp. dor. chiffre sur les plats.

EXEMPLAIRE UNIQUE. C'est celui de l'auteur donné par sa veuve à Lamartine, dont il porte un autographe signé.

Cet exemplaire est orné :

1° de deux portraits, dont celui dessiné par Girodet, en trois états;

2° de quatre pages in-fol. autographes tirées du Café de Surate et du Voyage en Silésie ;

3° des figures avant la lettre sur chine, eaux-fortes et coloriées (trois états).

4° des gravures de Corbould, gravées par Wedgvood, sur chine et eaux-fortes.

5° Des figures de Roger, avant la lettre et coloriées.

6° des figures de Moreau, avant la lettre et coloriées.

En tout cinquante-quatre pièces.

206. Alcibiade enfant, jeune homme, homme fait et vieillard. *Paris, Bossange, an III*, 4 part. en 4 vol. in-16, demi-rel. mar. vert foncé, jans. tr. dor. (4 fig. grav.).

207. Le Délire du sentiment, ou les Rêveries d'un homme sensible, par M. de ***. *Paris*, 1806, in-12, demi-rel. mar. rose foncé, tr. dor. fig.

208. Le Prêtre marié, épisode de la révolution française, par le comte de Poligny, précédé d'une introduction par Ch. Nodier. *Paris, J. Techener*, 1863, in-12, mar. r. fil. à comp. dent. int. tr. dor. (*Belz-Niedrée*.)

209. Thérèse Aubert, par l'auteur de Jean Sbogar (Charles Nodier). *A Paris, chez Ladvocat*, 1819, in-12, demi-rel, mar. vert foncé, tr. dor.

210. Adrien de Sarrazin. Œuvres. *Paris, Urbain Canel*, 1825, 6 vol. in-12, fig. demi-rel. mar. non rog. tr. sup. dor.

Rétif de la Bretonne.

211. La Fille naturelle. *A la Haye, et se trouve à Lausanne, chez Franç. Grasset*, 1766, 2 part. en 1 vol. in-12, demi-rel. v. ant. de 155 et 181 pag.

Quatrième édition. Cette édition est faite avec soin, quoique ce ne soit qu'une contrefaçon de la première édition de Paris.

212. La Famille vertueuse, lettres traduites de l'anglais par M. de la Bretonne. *A Paris (de l'impr. de Quillau), chez la veuve Duchesne, rue Saint-Jacques au-dessous de la fontaine Saint-Benoît, au Temple du goût*, 1767, 4 part. en 2 vol. in-12, v. ant.

Premier ouvrage de *Rétif*.

213. Le Pornographe, ou Idées d'un honnête homme sur un projet de règlement pour les prostituées. *Londres*, 1770. — La Mimographe, ou Idées d'une honnête femme pour la réformation du Théâtre national. *Amsterdam*, 1770. — Les Gynographes, ou Idées de deux honnêtes femmes sur un projet de règlement proposé à toute l'Europe, pour mettre les femmes à leur place, et opérer le bonheur des deux sexes. *A la Haye*, 1777. — L'Andrographe, ou Idées d'un honnête homme sur un projet de règlement proposé à toutes les nations de l'Europe pour opérer une réforme générale des mœurs. *A la Haye*, 1782, 2 part. en 1 vol. — Le Thesmographe, ou Idées d'un honnête homme sur un projet de règlement proposé à toutes les nations de l'Europe pour opérer une réforme générale des loix. *A la Haie*, 1789, 2 part. en 1 vol.; ensemble 5 vol. in-8, demi-rel. v. fauve; le tome I est en bas.

Collection complète de cinq ouvrages sous le titre d'*Idées singulières*.

214. Adèle de Comm***, ou Lettres d'une fille à son père. *En France*, 1772, 4 part. in-12, demi-rel.

Tomes I à IV.

215. Le Ménage parisien, ou Délice et Sotentout. *Imprimé à la Haie*, 1773, titre rouge et noir, 2 vol. in-12, demi-bas.

A la fin du second volume, au bas de la dernière page, on lit : *A Rouen, chez Le Boucher, et se trouve à Paris, chez de Hansy jeune, libraire, rue Saint-Jacques.* Exemplaire en mauvais état ; le titre, la dédicace et le premier feuillet sont déchirés dans la marge du fond et le texte est atteint.

216. Les Nouveaux Mémoires d'un homme de qualité par M. le M... de Br... *Imprimé à la Haye et se trouve à Paris*, 1774, 2 part. en 1 vol. in-12, v. ant. marbr.

217. La Femme dans les trois états de fille, d'épouse et de mère. *Londres*, 1774, 3 part. in-12.

Un double des parties 1 et 3.

218. LE PAYSAN PERVERTI, ou les Dangers de la ville. *Imprimé à la Haye et se trouve à Paris*, 1776, 8 part. en 4 vol. (plus une 9e partie reliée avec le 4e vol. contenant la description des figures du Paysan et de la Paysanne). — LA PAYSANNE PERVERTIE, ou les Dangers de la ville. *Imprimé à la Haye et se trouve à Paris*, 1785, 8 part. en 4 vol. — Ensemble 8 vol. in-12 v. (*Rel. uniforme*).

83 figures pour le Paysan, dont la figure de l'Homme fusillé qui n'est point décrite et 38 figures y compris 2 figures bis pour la Paysanne.

Bonnes épreuves.

Les premiers titres de la Paysanne sont collés avec les faux-titres.

219. LE FIN MATOIS, ou Histoire du Grand Taquin, traduite de l'espagnol de Quevedo, avec des notes. *Imprimé à la Haye*, 1779, 3 part. en 1 vol. in-12, vél.

Exemplaire grand de marges, quelques taches.

220. Le Nouvel Abeilard, ou Lettres de deux amants qui ne se sont jamais vus. *A Neufchâtel et se trouve à Paris, chez la veuve Duchesne*, 1778, 4 vol. in-12, v. ant. avec les 12 fig. annoncées.

221. L'Innocence en danger, ou les Événemens extraordinaires. *A Liége, chez de Bonbers, impr. libr.; à l'Homme sauvage*, 1779, in-12 de 124 pages, demi-rel. bas.

222. Les Contemporaines, ou Avantures des plus jolies femmes de l'âge présent. *A Paris, chez la veuve Duchesne*, 1780-1785, 42 vol. in-12, v. ant.

Exemplaire de première édition de ce curieux ouvrage. Il est orné de 274 planches ainsi divisées :

Pour les 272 nouvelles n'en formant en réalité que 262 (car les nouvelles 204 à 213, tome XXV manquent), il y a 262, figures, plus 12 figures doubles ; dans ce nombre il y a quatre planches en longueur. Au tome VIII, page 189, un raccommodage. Tome XXVI, figure 163 transposée à la page 624. Il y a quelques taches et les épreuves sont mêlées.

223. La Malédiction paternelle. *Imprimé à Leipsick, par Buschel, marchand-libraire, et se trouve à Paris, chés la dame veuve Duchesne*, 1780, 3 part. en 1 vol. in-12 de 830 pages, avec un frontispice allégorique au commencement de chaque volume, demi-rel. dos et coins de v. ant.

224. La Découverte australe. *Imprimé à Leipsick et se trouve à Paris*, 1781, 4 vol. in-12, veau ant. 23 fig. 1er tirage.

225. La Dernière Avanture d'un homme de quarante-cinq ans. *A Genève, et se trouve à Paris, chés Regnault*, 1783, 2 part. en 2 vol. in-12 de 264 et 528 pages, demi-rel. v. ant.; un front. pour chaque partie; le premier : Binet, del., Giraud l'aîné, sculps.; le second : Binet, del., Fouquet, sculps.

226. La Prévention nationale. *A la Haie, et se trouve à Paris, chez Regnault, libraire, rue Saint-Jacques, près celle du Plâtre*, 1784, 3 vol. in-12, br. 9 fig.

Manque la première figure : *du fils devant le portrait de son père.*

— Même ouvrage. *A Genève, et se trouve à Paris, chés Regnault*, 1784, 3 vol. in-12, cart. sans fig.

227. Les Veillées du marais, ou Histoire du grand prince Oribeau, roi de Mommonie au pays d'Evinland, et de la vertueuse princesse Oribelle de Lagenie, tirée des anciennes annales irlandaises et récemment translatée en français. *Imprimé à Waterford*, 1785, 4 part. formant 2 tomes reliés en 4 vol. in-12, demi-rel. v. f. tête dor. non rog.

228. Les Françaises, ou 34 exemples choisis dans les mœurs actuelles. *A Neufchâtel, et se trouve à Paris, chez Guillot, libr. de Monsieur,* 1786. 4 vol. in-12, vél. bl. non rog. 34 fig. du 1er tirage.

Les ff. 85 et 87 du tome III sont déchirés dans le haut.

229. Les Françaises, ou 34 exemples choisis dans les mœurs actuelles. *A Neufchâtel, et se trouve à Paris,* 1786 (avec les 34 fig.) v. marbr. fil. tr. dor. (*rel. anglaise*).

230. Les Parisiennes, ou XL caractères généraux pris dans les mœurs actuelles. *A Neufchâtel, et se trouve à Paris,* 1787, 4 vol. in-12, vél. bl. 20 gr. 1er tirage.

231. La Vie de mon Père. *A Neufchâtel, et se trouve à Paris, chez la veuve Duchesne,* 1788, 2 parties, 232 et 226 pages en 1 vol. in-12, bas. avec 14 gr. et deux jolis médaillons, un à la tête de chaque volume; ce sont les père et mère de l'auteur.

Fortes piqûres de vers.

232. Les Nuits de Paris, ou le Spectateur nocturne. *A Londres, et se trouve à Paris,* 1788-90, 15 part. en 15 vol. in-12, demi-rel. v. r. 15 fig.

Manquent : partie dixième, l'estampe des Billards; partie quatorzième, le Spectateur présentant Fanny.

La figure du supplice de Charlotte Corday, ajoutée, est d'ancien tirage, mais remontée.

233. Les Nuits de Paris, ou le Spectateur nocturne. *Paris, chez Mérigot,* 1791, 14 part. en 7 vol. in-12, demi-bas.

Les titres des troisième et neuvième parties manquent.
Tome III, la sixième partie précède la cinquième.
Tome V, la dixième partie précède la neuvième.
La planche de la dixième partie se trouve remontée et en mauvais état.
La planche double de la dixième partie, *le Billard*, se trouve à la page 1865 dans la huitème partie.
La planche de la onzième et celle de la treizième partie manquent.

234. L'Année des Dames nationales, ou Histoire jour par jour d'une femme de France. *Genève, et se trouve à Paris,* 1791-94, 12 vol. in-12, demi-rel.

v. ant. 43 grav. en comptant pour deux les front. à double sujet.

La planche du supplice de Charlotte Corday est d'un tirage moderne.

235. Philosophie de M. Nicolas. *Paris, an V* (1796), 3 vol. in-12, demi-rel.

236. Histoire des campagnes de Maria, ou Episodes de la vie d'une jolie femme. *Paris, chez Guillaume*, 1811, 3 vol. in-12, demi-rel.

C'est en tête de cet ouvrage que se trouve une biographie étendue de Restif de la Bretonne.

237. Fragments de divers ouvrages. 9 vol. in-12, non rel.

Les Contemporaines, vol. 10, 13, 14, 15, 16, 18, 21, 23.
Monument du costume physique. *Londres*, 1790, tome II. Le tout sans figures.

238. Monument du costume physique et moral de la fin du XVIIIe siècle, ou Tableaux de la vie, ornés de figures dessinées et gravées par Moreau le jeune (texte par Rétif de la Bretonne). *A Neuwied sur le Rhin*, 1789, in-fol. demi-rel. 26 pl.

Bonnes épreuves, Le dernier feuillet est raccommodé.

239. Rétif de la Bretonne, sa vie et ses amours, ses malheurs, sa vieillesse et sa vie. Catalogue complet et détaillé de ses ouvrages, suivi de quelques extraits, par Ch. Monselet. *Paris, Aug. Aubry*, 1858, in-12, 2 portr. demi-rel. mar. br. à nerfs, fleurons, tr. dor.

ROMANS ÉTRANGERS.

241. Contes et Nouvelles de Boccace, traduction libre, enrichie de figures en taille-douce gravées par Romeyn de Hooge. *Amst.*, 1697, 2 vol. in-12, mar. v. fil. tr. dor.

Ancienne reliure.

242. Le Décaméron de Jean Boccace (traduction de Le Maçon). *Londres,* 1757, 5 vol. in-8, mar. r. fil. tr. dor.

Exemplaire en ancienne reliure. Figures doubles.

243. L'Ingénieux Chevalier Don Quichotte de la Manche, par Michel Cervantes, trad. nouvelle par Furne. *Paris, Furne,* 1865, 2 vol. in-8, mar. r. non rog.

244. Voyage de Gulliver (par Swift, traduit par Desfontaines). *Paris,* 1727, 2 vol. fig. — Le Nouveau Gulliver, 1730, 2 vol. Ensemble 4 tomes en 2 vol. in-12, mar. r. fil. tr. dor, (*Brany.*)

Édition originale de cette traduction.

245. Voyages du capitaine Gulliver en divers pays éloignez (trad. de Swift, par l'abbé Desfontaines). *A la Haye, chez P. Gosse et J. Neaulme,* 1727, 2 tom. en 1 vol. in-12, demi-rel. mar. r. foncé, tr. dor. portr. cartes et fig.

Exemplaire mouillé et taché. Publié la même année que l'édition originale.

246. Swift. Voyages de Gulliver, traduction nouvelle, illustrations par Granville. *Paris, Garnier,* 1863, in-8, demi-rel. fig.

247. Sterne. Voyage sentimental en France, trad. de l'anglais. *Paris,* 1797, 2 vol. in-18, demi-rel. mar. non rog.

248. Les Aventures de maître Renart et d'Ysengrin son compère, mises en nouveau langage, racontées dans un nouvel ordre et suivies de nouvelles recherches sur le Roman de Renart, par A. Paulin Paris. *Paris, J. Techener,* 1861, in-12, mar. r. dos orné et à nerfs, fil. à comp. dent. int. tr. dor. (*Belz-Niedrée.*)

249. Histoire de la Sultane de Perse et des vizirs, contes turcz (traduite de l'arabe de Cheezadé, précepteur d'Amurat II, par Galland). *Amsterdam, Est. Roger,* 1707, front. gr. pet. in-8, demi-rel. mar. r. foncé, fleurons, tr. dor.

PHILOLOGIE. — DIALOGUES. — ÉPISTOLAIRES.

250. Amusements philologiques, ou Variétés en tous genres par G. P. (Gabriel Peignot). *A Dijon, chez V. Lagier*, 1824, in-8, demi-rel. v. f. tr. marbr.

251. Études sur les proverbes français, par Quitard. *Paris*, *Techener*, 1860, in-8, demi-rel. mar. r. non rog. tr. sup. dorée.

252. Les Oubliés et les Dédaignés, figures littéraires de la fin du XVIIIe siècle, par M. Ch. Monselet. *Alençon*, *Poulet-Malassis et de Broise*, 1857, 2 tom. en 1 vol. in-12, demi-rel. mar. bleu, tête dor. non rog.

Avec les deux titres.

253. Fréron, ou l'Illustre Critique; sa vie, ses écrits, sa correspondance, sa famille, etc., par Ch. Monselet. *Paris, René Pincebourde*, 1864, in-12 carré, mar. brun, dos orné et à nerfs, fil. à comp. dent. int. tr. dor. (*Belz-Niedrée*.)

Exemplaire sur *peau de vélin*.

254. Pétrus Borel le Lycanthrope, sa vie, ses écrits, sa correspondance, poésies et documents inédits, par Jules Claretie. *Paris, René Pincebourde*, 1865, in-12 carré, mar. r. dos orné, mosaïque et nerfs, fil. à comp. dent. int. tr. dor. (*Belz-Niedrée*.)

Un des deux exemplaires sur *peau de vélin*, avec frontisp. tiré sur trois couleurs.

---

255. Les Dialogues de Jacques Tahureau, gentilhomme du Mans, avec notices et index par J. Conscience. *Paris*, *Alph. Lemerre*, 1870, in-12, demi-rel. dos et coins de mar. vert foncé, dos à comp. fil. tête dorée, non rog. (*A. Heldt*.)

256. Hexameron, ov six iournees contenans plvsieurs doctes discours sur aucuns poincts difficiles en

diverses sciences avec maintes histoires notables et non encore ouyes, fait en espagnol par Ant. de Torquemade, et mis en françois par Gabriel Chappuys, Tourangeau. *A Rouen, chez Romain de Beauvais,* 1610, in-12, mar. bleu, dos orné, fil. à comp. dent. int. tr. dor. (*Cuzin.*)

257. Hexaméron rustique, ou les Six Journées passées à la campagne entre des personnes studieuses (par la Mothe le Vayer). *Paris, Thomas Jolly,* 1670, in-12, mar. r. jans. tr. dor. (*Petit, successeur de Simier.*)

Exemplaire du docteur Danyau.

---

258. Lettres de Mme de Sévigné. *Paris, Furne,* 1864, in-8, demi-rel. mar. r. non rog. tr. sup. dorée.

FACÉTIES.

259. COLLECTION CARON. Réimpression de différents ouvrages anciens, poésies et facéties. *Paris,* 1798-1806, 11 tom. en 10 vol. pet. in-8, demi-rel. mar. non rog. (*Tiré à petit nombre*). — COLLECTION MONTARAN. Recueil de livrets singuliers et rares, dont la réimpression peut se joindre aux réimpressions déjà publiées par Caron. *Paris, impr. de Guiraudet,* 1829-30, 17 pièces réunies en 1 vol. in-8, mar. rouge, dent. int. non rog. (*Duru.*)

Tiré à petit nombre.

260. RECUEIL DE FARCES, moralités et sermons joyeux, publié par Le Roux de Lincy et Francisque Michel. *Paris, Techener,* 1837, 4 vol. in-8, v. f. non rog.

Tiré à 76 exemplaires.

261. Les OEuvres de maistre François Rabelais, accompagnées d'une notice sur sa vie et ses ouvrages, d'une étude bibliographique, de variantes,

d'un commentaire, d'une table des noms propres et d'un glossaire par Ch. Marty-Laveaux. *Paris, Alph. Lemerre,* 1868-1873, 3 vol. in-8, portrait, demi-rel. dos et coins de mar. rouge, fleurons, fil. tête dor. non rog.

262. L'Enfer de la mère Cardine traitant de la cruelle et terrible bataille qui fut aux enfers entre les diables et les maq.... de Paris, aux nopces du portier Cerberus et de Cardine qu'elles vouloyent faire royne de l'enfer ; et qui fut celle d'entr'elles qui donna le conseil de la trahyson, etc., outre plus est adioustée une chanson de certaines bourgeoises de Paris, qui, feignant d'aller en voyage, furent surprinses au logis d'une maq.... à Saint-Germain des Prés. *S. l.*, 1597, gr. in-8, mar. r. fil. tr. dor. (*Anc. rel.*)

Réimpression faite par Didot, à la fin du siècle dernier, d'une pièce très-rare.

263. La Vie et trespassement de Caillette, 4 feuillets; plaq. in-12, demi-rel. dos et coins de mar. viol. foncé, tête dor. non rog.

Réimpression figurée et tirée à 42 exemplaires (en 1831). 1 des 4 exemplaires sur chine.

264. Recueil de facéties du XVIIe siècle. *Paris*, 1605-1609, 6 pièces en 1 vol. in-12, demi-rel. mar. r. tête dor. non rog.

Procès des caresme-prenant. Traité de mariage. La copie d'un bail.

265. Vraye Pronostication de Me Govnin povr les mal-mariez, plates bourses et morfondus. *A Paris, chez Nicolas Alexandre*, 1615, plaq. in-8 de 12 pages, demi-rel. dos et coins de mar. rouge, fleurons, tête dor. non rog.

266. Les OEvvres de Brvscambille, contenant ses fantaisies, imaginations et paradoxes et autres discours comiques. *A Rouen, chez Martin de la Mothe,* 1626, in-16, v. ant.

267. Paradoxes, ov les opinions renversées de la pluspart des hommes, livre non moins profitable

que facétieux, par le docteur incognu. *A Rouen, chez Iacqves Caillové,* 1638, in-12, mar. rouge, dos orné, fil. à comp. dent. int. tr. dor. (*Heldt.*)

268. Alphabet de l'imperfection et malice des femmes, reveu, corrigé et augmenté d'vn friant dessert et de plusieurs histoires en cette cinquième édition pour les courtizans de la femme mondaine, par Jacques Olivier, licentié aux loix. *A Lyon, chez Iean Goy*, 1665, in-12, bas.

269. La Peine et Misère des garçons chirurgiens autrement appelés *Fratres*, représentez dans un entretien joyeux et spirituel d'un garçon chirurgien et d'un clerc. *Troyes, J.-Ant. Garnier, s. d.* (1715). — L'Etat de servitude, ou la Misère des domestiques. *Troyes, Garnier, s. d.* — La Misère des garçons boulangers de la ville et fauxbourgs de Paris. *Troyes, Garnier, s. d.* (1715), 3 pièces réunies en 1 vol. in-8, mar. rouge, fil. tr. dor.

270. L'Éloge de Rien dédié à Personne, avec une postface, troisième édition peu revue, nullement corrigée et augmentée de plusieurs riens (par Coquelet). *Paris, Ant. de Heuqueville*, 1730, in-12 de 43 pages, demi-rel. mar. bleu foncé, tr. dor.

271. L'Histoire des grecs, ou de ceux qui corrigent la fortune au jeu (par le chevalier Goudar). *A la Haye*, 1757, pet. in-8, demi-rel. mar. rouge foncé, dos orné, tête dor. non rog.

272. Éloge de l'Asne, par un docteur de Montmartre. *A Londres, et se trouve à Paris chez Delaguette,* 1769, in-12, demi-rel. mar. vert foncé, fleurons, tr. dor.

273. Recueil des facéties parisiennes pour l'année 1760. In-8, demi-rel. maroquin bleu, fleurons, tr. dor.

274. Les Mystifications de Caillot Duval, avec un choix de ses lettres les plus étonnantes, suivies des réponses de ses victimes, introduction et éclair-

cissements par Lorédan Larchey. *Paris, René Pincebourde*, 1864, in-12 carré, mar. citr. dos mosaïque et à nerfs, fil. à comp. dent. int. tr. dor. (*Belz-Niedrée.*)

Un des deux exemplaires sur *peau de vélin*, avec le frontispice tiré sur trois couleurs.

275. Le Farceur comme il y en a peu, ou Nouveau Choix de bons mots, contes à rire, pensées ingénieuses, rencontres plaisantes, aventures comiques, historiettes amusantes, facéties agréables. *Paris*, 1820, in-16, demi-rel. mar. brun, tr. dor.

276. Dictionnaire encyclopédique d'anecdotes modernes, anciennes, françaises et étrangères, par Ed. Guérard. *Paris*, 1872, 2 vol. in-8, texte à 2 col. demi-rel. mar. viol. foncé, dos orné, tête dor. non rog. (*A. Heldt.*)

277. Predicatoriana, ou Révélations singulières et amusantes sur les prédicateurs, par G. P. (Gabr. Peignot) Philomneste. *Dijon, V. Lagier*, 1841, in-8, demi-rel. v. f. tr. marbr.

POLYGRAPHES.

278. Collection des anciens monuments de la langue française, publiée par Crapelet. *Paris*, 1829, 13 vol. gr. in-8, pap. vél. cart. non rog.

279. Collection de petits classiques français, tirés à 500 exempl. et publ. aux frais et par les soins de Ch. Nodier et N. Delangle, avec les caractères de J. Didot aîné. *Paris*, 1825-26, 8 vol. in-16, demi-rel. dos et coins de v. f. tête jasp. non rog.

Guirlande de Julie. — Voyage de Chapelle et de Bachaumont. — Poésies de Daceilly. — Conjuration du comte de Fiesque. — Madrigaux de la Sablière. — Relation des campagnes de Rocroi. — Œuvres de Sénecé. — Œuvres de Sarazin.

280. Les OEvvres de monsievr de Voitvre, sixiesme édition. *Iouxte la copie imprimée à Paris*, 1660, 2 vol. in-12, bas.

281. OEuvres de monsieur Scarron, nouvelle édition, revue, corrigée et augmentée de l'histoire de sa vie et de ses ouvrages, d'un discours sur le style burlesque et de quantité de pièces omises dans les éditions précédentes. *Amsterdam, chez J. Wetstein,* 1752, 7 vol. pet. in-12, veau fauve ant. dos orné, fil. tr. dor. portr. et figures.

282. OEuvres complètes de la Fontaine. *Paris, L. Hachette,* 1861, 2 vol. in-12, demi-rel. dos et coins de mar. r. tête dor. non rog.

283. PIRON. OEuvres, publiées par Rigoley de Juvigny. *Paris*, 1776, 7 vol. in-8, portr. mar. rouge, fil. tr. dor. (*Anc. rel.*)

Bel exemplaire.

284. OEUVRES d'Évariste Parny. *A Paris, chez Debray,* 1808, 5 vol. in-12, mar. bleu foncé, fil. à comp. doublé de tabis rose, tr. dor.

285. OEuvres de Salomon Gessner. *Paris, veuve Hérissant et Barrois l'aîné, s. d.*, 3 vol. in-4, fig. de Lebarbier, veau rac. dent. à comp. tr. dor.

286. OEUVRES DE SALOMON GESSNER. *Paris, Renouard,* 1799, 4 vol. in-8, mar. r. fil. tr. dor. (*Bozérian.*)

Papier vélin. Figures de Moreau, avant lettre.

287. OEUVRES DE DEMOUSTIER. *Paris, Renouard,* 1809, 4 vol. in-8, mar. bl. fil. tr. dor. (*Bozérian.*)

Exemplaire en grand papier vélin. Figures de Moreau avant la lettre.

288. CHATEAUBRIAND. OEuvres. *Paris, Furne,* 1864, 12 vol. gr. in-8, fig. demi-rel. mar. r. tr. sup. dor. non rog.

289. OEuvres de Paul-Louis Courier. *Paris, Sautelet,* 1829, 4 vol. in-8, v. ant. fil.

290. Victor Hugo. OEuvres diverses. *Paris, Hachette,* 1862, 20 vol. in-12, demi-rel. chagr.

291. Œuvres de Gœthe, traduction nouvelle par Jacques Porchat. *Paris, Hachette*, 1861, 10 vol. in-8, demi-rel. mar. tr. sup. dor. non rog.

HISTOIRE.

GÉOGRAPHIE, HISTOIRE UNIVERSELLE, HISTOIRE ANCIENNE, HISTOIRE DE FRANCE, PARIS, HISTOIRE ÉTRANGÈRE, ANTIQUITÉS, BIBLIOGRAPHIE.

292. Geographia totius orbis; atlas. *Amstel.*, *Janssonius*, 1656, 4 vol. in-fol. vél. *Plans coloriés.*

Bel exemplaire.

293. Saint-Non. Voyage pittoresque de Naples et de Sicile. *Paris*, 1781-86, 5 vol. in-fol. mar. r. fil. tr. dor. (*Anc. rel.*)

Bel exemplaire conforme à la description de Brunet.

294. Souvenirs du golfe de Naples, par le comte Turpin de Crissé. *Paris*, 1828, in-fol. fig. sur chine, demi-rel. mar. r.

Figures sur chine, quelques raccommodages.

295. Le Niger et les explorations de l'Afrique centrale, depuis Mungo-Park jusqu'au docteur Barth, par F. de Lanoye. *Paris, L. Hachette*, 1858, in-12, demi-rel. mar. vert, fleurons, tête dor. non rogné.

---

296. Registrum hujus operis libri chronicarum, cum figuris et imaginibus ab inicio mundi. (*Ad finem:*)

Antonius Koberger Norimbergæ impressit, 1493, in-fol. mar. br. jans. tr. dor. (*Belz-Niedrée.*)

Première édition de ce livre remarquable pour les 2000 figures sur bois dont il est orné. Les folios 259-61 manquent, et les folios non chiffrés ont été rejetés à la fin du volume.

297. Discours sur l'histoire universelle, par Bossuet; gravures par Foulquier. *Tours, Mame,* 1870, gr. in-8, pap. vél. mar. r. fil. tr. dor.

---

298. Histoire des Juifs, écrite par Flavius Joseph, sous le titre de Antiquitez judaïques, traduites sur l'original grec revu sur divers manuscrits par M. Arnaud d'Andilly, enrichie d'un grand nombre de figures en taille-douce et augmentée de plusieurs nouvelles planches concernant les anciennes cérémonies des Juifs. *A Bruxelles,* 1701, 5 vol. in-8, v. ant. marbr.

Bel exemplaire.

299. La Conquête de Constantinople, par Geoffroy de Villehardouin, publ. par Natalis de Wailly. *Paris, Didot,* 1872, gr. in-8, demi-rel. mar. r.

---

300. La France au temps des croisades, par le vicomte de Vaublanc. *Paris, Techener,* 1844, 4 vol. in-8, papier vélin, demi-rel. mar. br. tr. sup. dor. non rog.

301. Les Femmes militaires de la France, par Alfred Tranchant. *Paris, Cournol,* 1866, in-8, demi-rel. mar.

302. Histoire du roy Henry le Grand composée par messire Hardouin de Péréfixe, évêque de Rodez. *Amsterdam, chez Louys et Daniel Elzevier,* 1661, pet. in-12, front. gr. mar. r. dos et plats semés d'initiales couronnées et de fleurs de lis entremêlées, dent. int. tr. dor. (*Hardy.*)

303. Traicté de Iehan Bacqvet, advocat dv Roy en chambre du Trésor. Des transports faicts de

Rentes constituées sur l'hostel de la ville de Paris ou deues par particuliers conformément aux arrêts de la Cour à messire Jacqves de la Gvesle, chevalier, conseiller du roy. *A Paris, chez Abel l'Angelier,* 1595, in-8, mar. r. dos orné fil. à comp. dent. int. tr. dor. (*Martin Heldt.*)

304. L'Avant-Victorieux (par le P. l'Ostal). *A Orthès, par A. Rouger, impr. du roy* (*et se vend*) *à Bourdeaus*, 1610, in-8, mar. r. fleurons, fil. dent. int. tr. dor. (*Martin Heldt*).

Ce volume curieux, pour le style singulier dans lequel il est écrit, est orné d'un très-beau titre gravé par Léonard Gaultier, où se trouve le portrait de Henri IV.

305. L'Arpocratie, ou rabais du Caquet des politiques et Jebusiens de nostre aage. *Lyon, Jean Patrasson,* 1589, in-12, demi-rel. mar.

Violent pamphlet contre Henri IV.

306. Histoire des princes de Condé pendant les XVIe et XVIIe siècles, par le duc d'Aumale. *Paris, Mich. Lévy*, 1863, 2 vol. in-8, demi-rel. mar. n. rogn.

307. L'Histoire du sieur abbé, comte de Bucquoy, singulièrement son évasion du for Lévêque et de la Bastille, par Mme du Noyer, avec préliminaire et appendice biographiques et bibliographiques. *Paris, René Pincebourde*, 1866, in-12 carré, mar. brun, dos orné à nerfs, dent. à comp. et dent. int. tr. dor. (*Belz-Niedrée.*)

Exemplaire tiré sur *peau de vélin*, avec le frontipice tiré sur trois couleurs.

308. Mémoires de Mademoiselle de Montpensier, petite-fille de Henri IV, avec notes biographiques et historiques par A. Chéruel. *Paris, Charpentier*, 1858, gr. in-18, demi-rel. mar. bl. foncé, tête dor. n. rog. (*M. Heldt.*)

309. Recueil de diverses pièces curieuses pour servir à l'histoire. *A Cologne, Jean de Castel*, 1655, pet. in-12, v. f. fil. tr. dor.

310. La Mothe-Houdancourt. Cinq factums contenant les injustes procédures faites contre lui,

par les artifices du cardinal Mazarin. *Paris*, 1649. — Manifeste sur les affaires de Catalogne, 1649. — Journal des signalées actions de la Mothe Houdancourt, 1649. — 8 part. en 1 vol. in-4, v. br.

Rare. 2 portraits, dont 1 de Montcornet.

311. Les Historiettes de Tallemant des Réaux publiées par Montmerqué. *Paris*, 1834, 6 t. en 3 vol. in-8, demi-rel. mar. n. rog.

Exemplaire sur papier jaune, offert par M. de Châteaugiron à M. de Cessole. Les passages supprimés dans les autres éditions sont ajoutées à la main.

312. Souvenirs de madame de Caylus, nouvelle édition, avec une introduction et des notes par M. Ch. Asselineau. *Paris, J. Techener*, 1860, in-12, portr. et 4 fig. gr. sur acier mar. r. dos orné et à nerfs, fil. à comp. tr. dor. (*Belz-Niedrée.*)

313. Souvenirs de la marquise de Créquy, 1710 à 1802. *Paris*, *Fournier*, 1835, 7 vol. in-8, demi-rel. mar. r. foncé tr. dor.

314. Mémoires de la marquise de Courcelles. *Paris*, 1869, in-8, demi-rel. mar. n. rogné tête sup. dor.

315. Relation du miracle arrivé le 31 mai 1725, jour de la fête du Saint-Sacrement, à la procession de la paroisse de Sainte-Marguerite, au faubourg de Saint-Antoine, à Paris, en la personne d'Anne Charlier, femme de François de la Fosse, maître ébéniste, dressée sur les procès-verbaux de l'officialité de Paris, et contenant toutes les circonstances intéressantes de ce grand événement. *A Paris*, *chez François Baputy*, 1726, plaquette in-4 de 41 pages demi-rel. mar. r. tr. dor.

316. Mémoire pour le sieur Gaudon, entrepreneur de spectacles sur les boulevards de Paris, contre le sieur Jean Ramponeau, ci-devant cabaretier à la Courtille (*Paris de l'impr. de Louis Allot,* 1760), plaq. in-4 de 18 pages demi-rel. mar. r. tr. dor.

317. Médailles du règne de Louis XV (par Godonnesche), *s. d.*, in-4, demi-rel., 53 ff, avec encadrements.

318. État général du service des diligences et messageries royales de France. *Paris*, 1788, in-12, pap. de Holl. mar. r. fil. tr. dor. (*Anc. rel.*)

319. Souvenirs, épisodes et portraits pour servir à l'histoire de la Révolution et de l'Empire, par Ch. Didier. *Paris, Alph. Levavasseur*, 1831, 2 vol. in-8, demi-rel. mar. br. la Vall. tr. dor.

Mouillures et cachet sur chaque volume.

320. Révolutions de Paris, dédiées à la nation, publiées par L. Prudhomme, avec gravures et cartes. *Paris*, 1790-1793, 225 numéros en 17 vol in-8, demi-rel. v. f. ant. fleurons, tête peig. n. rog.

321. Entretien entre le prince Charles et les sans-culottes qui viennent renverser sa statue, 1793. — Dialogue entre un officier autrichien, un sergent qui vient d'abandonner les drapeaux autrichiens et un patriote de Gand. — Lisez-moi, ou dialogue entr'un bon citoyen et un bon avocat de la ville de Gand. — Entretien d'une mère avec ses filles sur les circonstances présentes. — Réunion de pièces en 1 vol. in-8, demi-rel. bas.

---

322. Histoire générale de Paris, publiée par le baron Haussmann. *Paris*, 1866-69, 10 parties gr. in-4 cart. et atlas in-fol.

Introduction. — Topographie historique du vieux Paris, 2 vol. — Plan de restitution. — Les anciennes bibliothèques de Paris, tome Ier. — La Seine, tome Ier en trois parties. — Paris et ses historiens. — Le cabinet des manuscrits, 1 vol.

323. Abrégé des annales de la ville de Paris, contenant tovt ce qui s'est passé de plus mémorable depuis sa première fondation iusques à présent; le tout par l'ordre des années et règne de nos Roys. A *Paris, chez Jean Grignard*, 1664, pet.

in-12, mar. r. dos orné et large dent. à comp. tr. dor.

324. Le Covrrier bvrlesqve de la guerre de Paris, envoyé à monseigneur le prince de Condé pour divertir Son Altesse durant sa prison (par Saint-Julien) *Imprimé à Anvers, et se vend à Paris au Palais*, 1650, in-16, parchemin.

325. Vins à la mode et cabarets au XVIIe siècle, par Albert de la Fizelière. *Paris, René Pincebourde*, 1866, in-12, mar. vert foncé, dos orné fil. à comp. dent. tr. dor. (*Belz-Niedrée.*)

Exemplaire sur papier vélin avec un frontispice à l'eau-forte, de Maxime de Lalanne, tiré en trois couleurs.

326. Journal de Rosalba Carriera pendant son séjour à Paris en 1720 et 1721, publié en italien par Vianelli, traduit et annoté par Alfr. Sensier. *Paris, J. Techener*, 1865, in-12, mar. r. fleur. fil. à comp. dent. int. tr. dor (*Belz-Niedrée.*)

327. Vatout. Histoire lithographique du Palais-Royal. *Paris, s. d.*, in-fol. demi-rel. fig. sur chine.

328. Paris et ses modes, nouvel almanach rédigé par le Caprice. *A Paris, chez Louis Janet, s. d.* (1821), in-16, demi-rel. mar. bl. fleur. tr. dor. fig. color.

---

329. Le Château de la Malmaison. Histoire, description, catalogue des objets exposés sous les auspices de S. M. l'Impératrice. *Paris, H. Plon*, gr. in-18, demi-rel. mar. viol. tête marbr. n. rog.

330. Les Anagrammes des noms et surnoms des damoiselles et dames d'Orléans, par Emm. Trippault. *Orléans, Herluison*, 1867, in-8, mar. bl. foncé dos à nerv. et orn. à petits fers, fil. à comp. dent. int. tr. dor. (*Belz-Niedrée.*)

331. Chroniques, Légendes, Curiosités et Biographies beauceronnes, par Ad. Lecoq, Chartrain,

Chartres, 1867, gr. in-18, demi-rel. mar. vert Metternich, dos orné, tête dor. n. rog. (*A. Heldt.*)

332. E. de Lépinois. Histoire de Chartres. *Chartres, Garnier*, 1854, 2 vol. in-8, demi-rel. mar. fig.

333. Description historique des maisons de Rouen les plus remarquables par leur décoration extérieure et par leur ancienneté, par E.-H. Langlois. *A Paris, de l'impr. de Firmin-Didot*, 1821, in-8, figures au trait, v. gr. dent. à comp. tr. marbr.

334. Vatout. Le Château d'Eu, illustré. *Paris*, 1844, in-fol. demi-rel. mar. r., fig. sur chine.

Exemplaire du roi Louis-Philippe.

335. La Bordelaise, apologie humoristique par Jacques Le Doux, dessins par Hadol. *Bordeaux et Paris*, 1870, in-8, demi-rel. dos et coins de mar. bl. foncé jans. tête dor. n. rog.

---

336. Aldo Manuzio. Lettres et documents, 1495-1515. Armand Baschet colligit et adnotavit. *Venetiis*, 1867, in-8, pap. fort, marbr. br. fil. à fr. tr. dor. (*Thibaron.*)

Tiré à 160 exemplaires.

337. Histoire de Don Pèdre, 1er roi de Castille, par Prosper Mérimée. *Paris, Charpentier*, 1865, gr. in-18, demi-rel. mar. br. la Vall. dos orné, tête dor. n. rog. (*Martin Heldt.*)

338. Les Vies et Alliances des comtes de Hollande et Zélande, seigneurs de Frise, imitées et tirées du latin, par N. Clément de Treles. *Anvers, Christ. Plantin*, 1583, in-4, v. br.

Figures de Ph. Galle.

339. Histoire abrégée des provinces-unies des Païs-Bas. *Amst.*, 1701, in-fol. v. f. fig.

---

340. Armorial universel, par Jouffroy d'Eschavannes. *Paris*, *Curmer*, 1844, 2 vol. gr. in-8, blasons mar. r. fil. tr. dor. (*Belz-Niedrée.*)

341. Statuts de l'ordre du Saint-Esprit au droit désir, institué à Naples par Louis d'Anjou (en 1352). Manuscrit du XIVe siècle, conservé au Louvre, publié par le comte Horace de Vieil-Castel. *Paris*, 1853, in-fol., 17 planches en couleurs, mar. r. fil. tr. dor. (*Gruel.*)

---

342. MONTFAUCON. Antiquités expliquées, représentées en figures. *Paris*, 1719, 10 vol. in-fol. — Suppl., 1724, 5 vol. — Monuments de la monarchie française, 1729-1733, 5 vol. in-fol. — Ens. 20 vol. in-fol. mar. bl. fil. et dent. tr. dor. fig.

Très-bel exemplaire EN GRAND PAPIER.

---

343. Les Manuscrits françois de la Bibliothèque du roi. *Paris*, *Techener*, 1836, 7 vol. in-8, demi-rel. mar. r. avec coins, n. rogn. tr. sup. dor.

344. Le Bibliophile français. *Paris*, *Bachelin-Deflorenne*, 1868-73, 7 vol. gr. in-8, demi-rel. mar. r. tr. sup. dor. (*fig.*)

SUPPLÉMENT.

345. RACINE. OEuvres, avec les commentaires de Luneau de Boisjermain. *Paris*, 1778, 7 vol. in-8, mar. r. fil. tr. dor. (*Anc. rel.*)

Bel exemplaire avec les figures AVANT LA LETTRE.

346. Sévigné. Recueil des lettres. *Paris*, *Rollin*, 1738, 6 vol. — Recueil de lettres choisies, 1751,

1 vol. — Lettres nouvelles, 1754, 2 vol. — Ens. 9 vol. in-12, mar. bl. fil. tr. dor. (*Anc. rel.*)

Aux armes de Jean de Boullongue, comte de Nogent, conseiller au parlement de Metz.

347. ROLLIN. Histoire ancienne. *Paris*, *Estienne*, 1758, 13 t. en 14 vol. in-12, mar. r. fil. tr. dor. (*Rel. anc.*)

---

348. CATALOGUES DE BIBLIOTHÈQUES vendues depuis 1720. Deux cent vingt-deux catalogues, la plupart en grand papier vélin, ou grand papier de Hollande, brochés ou reliés.

Collection de catalogues, enrichis de lettres autographes, avec les prix et les noms des acquéreurs écrits, avec beaucoup de soin, par M. JULLIEN.

Les principaux catalogues sont :

1720. Marquis de Ménard, avec les prix.

1726. Bibliothèque du château de Rambouillet; l'un manuscrit, l'autre imprimé, avec notes.

1740. Duc d'Estrées, 3 tomes en 5 volumes interfoliés avec prix et lettre autographe.

1767. Duc de la Vallière, 1767, 2 vol. en un, lettre autographe.

1770. Bibliothèque de Grand-Vaux. Manuscrit de de Bure.

1808. Caillard. Papier de Hollande et autographe.

1810. Firmin-Didot. Grand papier vélin et autographe.

1814. Crapelet, avec un autographe.

1816. Regnault de Saint-Jean-d'Angély, 3 autographes et 4 portraits.

1823. Didot aîné, prix et autographes.

1827. Charles Nodier, papier de Hollande, prix et noms des acquéreurs. Autographe et portrait.

1837. Duchesse de Berry, grand papier, prix et portrait,

1839. De Pixerécourt, grand papier, prix et noms des acquéreurs, autographe.

1841. Crozet, grand papier, prix et noms des acquéreurs.

1844. Ch. Nodier, papier fin, noms d'acquéreurs, autographe.

1847. Prince d'Essling, papier vélin, prix et noms, autographe.

1853. De Bure, grand papier, prix et noms, autographe.

1855. Hope, grand papier, prix, noms, autographe.

1855. Raoul-Rochette, prix, noms, autographe, portrait.

1857. Jussieu, demi-rel., prix, autographe, billet d'enterrement de M. de Jussieu, à la date de 1777.

1857. Rachel, prix, lettre autographe, portrait sur chine, notes curieuses.

1862. La Bédoyère, 2 vol. in-8, grand papier, prix et noms, portrait

Cette collection intéressante ne sera pas divisée. Il y a, en plus, 28 catalogues, sans prix, mais en grand papier, ce qui porte à 250 catalogues le chiffre de cette collection.

---

www.ingramcontent.com/pod-product-compliance
Ingram Content Group UK Ltd.
Pitfield, Milton Keynes, MK11 3LW, UK
UKHW021647260726
13994UKWH00003B/1323

9 782329 44875